REFRÃO DA FOME

REFRÃO DA FOME

J. M. G. Le Clézio

Tradução
LEONARDO FRÓES

COSACNAIFY

Ma faim, Anne, Anne,
Fuis sur ton âne.

Si j'ai du goût, ce n'est guères
Que pour la terre et les pierres.
Dinn ! dinn ! dinn ! dinn ! Mangeons l'air,
Le roc, les charbons, le fer.

Mes faims, tournez. Paissez, faims,
Le pré des sons !
Attirez le gai venin
Des liserons.

ARTHUR RIMBAUD,
Fêtes de la faim

Jemia, forever

Sei o que é fome, que eu já passei. Menino, no fim da guerra, sou um daqueles que correm pela estrada ao lado dos caminhões dos americanos, estico as mãos para agarrar as barrinhas de chiclete, o chocolate, os pacotes de pão que os soldados jogam no ar. Menino, tenho tanta sede de gordura que bebo o óleo das latas de sardinha, delicio-me ao lamber a colher de óleo de fígado de bacalhau que minha avó me dá para eu ficar forte. Sinto tal necessidade de sal que enfio as mãos no pote da cozinha e como até me fartar os cristais acinzentados.

Menino, saboreei pela primeira vez o pão branco. Não o da mistura do padeiro – aquele pão, mais cinzento do que moreno, à base de farinha mofada e serragem, quase me matou quando eu estava com três anos. É um pão quadrado, feito na forma com farinha de força, pouco espesso e cheiroso, de miolo tão branco quanto o papel em que escrevo. Fico com água na boca ao descrevê-lo, como se o tempo não tivesse passado e eu me achasse diretamente ligado a minha infância. A fatia desse pão farelento, que se desmancha, que enfio na boca e do qual, assim que a engulo, peço mais e sempre mais; se minha avó não o guardasse no armário fechado a chave, num instante eu acabaria com tudo, até passar mal. Sem dúvida, nada me satisfez a esse ponto, nada eu provei mais tarde que matasse tanto minha fome, que me saciasse tanto.

Eu como o Spam[1] americano. Muito tempo depois, guardo as latas abertas com uma chave para transformá-las em navios de guerra que pinto cuidadosamente de cinza. A pasta rosa que essas latas contêm, envolta em gelatina, meio com gosto de sabão, me enche de felicidade. Seu cheiro de carne fresca, a fina película de gordura que o patê deixa em minha língua, que me forra o fundo da garganta. Para os outros, mais tarde, para aqueles que não conheceram a fome, esse patê deve ser sinônimo de horror, de comida de pobre. Vinte e cinco anos depois reencontrei-o no México, em Belize, nas lojinhas de Chetumal, de Felipe Carrillo Puerto, de Orange Walk. Por lá ele se chama *carne del diablo*, carne do diabo. É o mesmo Spam, em sua lata azul ornada com uma imagem que mostra o patê em fatias sobre uma folha de alface.

Também o leite Carnation. Distribuído, sem dúvida, nos centros da Cruz Vermelha em grandes embalagens cilíndricas decoradas com o cravo carmim. Por muito tempo, para mim,

1 Marca registrada para produtos de carne de porco. Do inglês *spiced ham*: presunto temperado. [N.T.]

ele era a doçura personificada, a doçura e a riqueza. Tiro o pó branco às colheradas que lambo até engasgar. Posso falar, também nesse caso, de felicidade. Nenhum creme, nenhum doce, nenhuma sobremesa me deixou depois tão feliz. O leite em pó é quente, compacto, levemente salgado, e arde nas gengivas, nos dentes, escorre líquido e espesso pela garganta abaixo.

Essa fome está em mim. Não sou capaz de esquecê-la. A luz aguda que ela emite me impede de esquecer minha infância. Sem ela, por certo, eu não teria conservado memória daquele tempo, daqueles anos tão longos em que faltava tudo. Ser feliz é não precisar se lembrar. Terei sido infeliz? Não sei. Simplesmente me lembro de um dia ter despertado, de conhecer enfim a maravilha das sensações saciadas. Esse pão muito branco, muito doce, que tem um gosto tão bom, esse óleo de peixe que escorre pela minha garganta, esses cristais de sal grosso, essas colheradas de leite em pó que se transformam numa pasta lá no fundo da boca, é nesse ponto que começo a viver. Saio dos anos cinzentos, entro na luz. Estou livre. Existo.

Na história que se lê a seguir é uma outra fome que estará em questão.

1. A Casa Malva

Ethel. Ela está diante da entrada do parque. A tarde cai. A luz é suave, cor de pérola. Talvez estronde um temporal sobre o Sena. Ela pega com força na mão de monsieur Soliman. Tem apenas dez anos, é pequena ainda, sua cabeça mal atinge a cintura do tio-avô. Diante deles, há como que uma cidade construída no meio das árvores do bosque de Vincennes, veem-se torres, minaretes, cúpulas. Nos bulevares em volta, a multidão se comprime. De repente, a tempestade anunciada desaba e a chuva quente faz com que um vapor se eleve sobre a cidade. Instantaneamente centenas de guarda-chuvas pretos se abrem. O senhor idoso se esqueceu do dele. Hesita, enquanto os pingos grossos começam a cair. Mas Ethel o puxa pela mão, e juntos os dois correm pelo bulevar para o abrigo do portão de entrada, na frente dos automóveis e fiacres. Ela o puxa pela mão esquerda, e com a direita o tio-avô mantém equilibrado sobre o crânio pontudo seu chapéu preto. Quando ele corre, suas suíças grisalhas balançam no ritmo, o que faz Ethel rir, e ele, ao vê-la rir, também ri, tanto e a tal ponto que ambos param e se abrigam debaixo de uma castanheira.

É um lugar maravilhoso. Ethel nunca viu, nunca sonhou com algo assim. Transposta a entrada, tendo chegado pela porta de Picpus, os dois passaram pelo prédio do museu, diante do qual a multidão se aglomera. Monsieur Soliman não está interessado. "Museus você sempre vai poder ver", diz. Monsieur Soliman tem uma ideia na cabeça. Foi por isso que ele quis vir com Ethel. Ela bem que tentou saber, faz dias que o interroga. É muito esperta, diz-lhe o tio-avô. Com jeito, sabe arrancar coisas dos outros. "Se é uma surpresa, e eu conto, onde é que fica a surpresa?" Ethel insistiu. "Pelo menos você pode me fazer adivinhar." Ele fuma seu charuto, depois do jantar, sentado na poltrona de sempre. Ethel sopra a fumaceira. "É de comer? É de beber? É um vestido novo?" Mas monsieur Soliman fica firme. Como todas as noites, fuma o charuto e bebe o conhaque. "Amanhã você vai saber." Ethel, depois disso, não consegue dormir. Vira e revira a noite inteira na caminha de metal que range muito. Só pega no sono de madrugada e custa a acordar às dez horas, quando a mãe vem buscá-la para almoçar com as tias. Monsieur Soliman ainda não chegou. No entanto, o Boulevard du Montparnasse não fica longe da Rue du Cotentin. Quinze minutos a pé, e monsieur Soliman é um bom caminhante. Anda aprumado, com o chapéu preto enterrado na cabeça e a bengala de biqueira de prata que não toca o chão. Apesar da algazarra da rua, Ethel diz que o escuta chegar de longe, pelo barulho ritmado dos tacões de ferro de suas botas na calçada. Diz que ele faz um barulho de cavalo. Gosta de compará-lo a um cavalo, coisa que monsieur Soliman também não acha ruim, e ele, apesar de seus oitenta anos, de vez em quando a empoleira nos ombros para ir passear no jardim público, e, sendo ele muito alto, ela pode agarrar-se aos galhos baixos das árvores.

A chuva parou, os dois andam juntos, de mãos dadas, até a beira do lago. Sob o céu nublado, o lago parece muito grande e curvo, como se fosse um brejo. Monsieur Soliman fala frequentemente dos lagos e remansos que viu outrora, na África, quando era médico militar no Congo francês. Ethel gosta de fazê-lo falar. E é somente para ela que ele conta suas histórias. Tudo que ela sabe do mundo foi monsieur Soliman quem lhe contou. No lago, Ethel avista patos, um cisne meio amarelo que parece entediado. Passam diante de uma ilha na qual foi erguido um templo grego. A multidão se espreme para atravessar a ponte de madeira e monsieur Soliman pergunta, mas é claro que por desencargo de consciência: "Quer ir...?". Como há gente demais, Ethel puxa o tio-avô pela mão. "Não, não, vamos logo para a Índia!" Ladeiam a beirada do lago em sentido oposto ao da corrente humana. As pessoas abrem passagem para aquele homenzarrão de sobretudo com capuz e chapéu arcaico e para a menina loura de botinhas, endomingada no seu vestido franzido. Ethel se orgulha da companhia de monsieur Soliman. Tem a impressão de estar ao lado de um gigante, de um homem capaz de abrir caminho em todas as desordens do mundo.

A multidão vai agora na outra direção, para a extremidade do lago. Ethel vê, por cima das árvores, umas torres estranhas, cor de cimento. Numa tabuleta, lê com dificuldade o nome:

– Ang... kor...

– Vat! – termina monsieur Soliman. – Angkor Vat. É o nome de um templo no Camboja. Parece que ficou muito bom, mas antes quero lhe mostrar outra coisa. – Ele tem uma ideia na cabeça. Além disso, monsieur Soliman não quer andar na mesma direção da turba. Desconfia dos movimentos coletivos. Muitas vezes Ethel ouviu falar desse tio-avô: "É um original". Sua mãe o defende, sem dúvida porque é tio dela: "Ele é muito gentil".

Ele a criou severamente. Depois da morte do pai dela, foi ele quem assumiu sua guarda. Ela porém não o via com frequência, ele sempre estava longe, do outro lado do mundo. Gosta dele. E talvez se sensibilize ainda com o fato de que o velho alto nutra uma paixão por Ethel. É como se ela visse o coração dele abrir-se enfim, na conclusão de uma vida solitária e enrijecida.

Para o lado, um caminho se afasta da margem. Os passantes são menos numerosos aqui. Uma tabuleta informa: ANTIGAS COLÔNIAS. Por baixo estão escritos os nomes, que Ethel lê devagar:

REUNIÃO

GUADALUPE

MARTINICA

SOMÁLIA

NOVA CALEDÔNIA

GUIANA

ÍNDIA FRANCESA

É aqui que monsieur Soliman deseja ir.

Numa clareira um pouco afastada do lago. Onde há choças de telhado de palha e outras de alvenaria, com pilares imitando troncos de palmeira. Parece uma aldeia. No centro, uma espécie de praça coberta de cascalho, na qual se espalharam cadeiras. Alguns visitantes estão sentados, mulheres de vestido longo ainda com os guarda-chuvas abertos, mas é o sol que agora entra em cena, e os guarda-chuvas servem de sombrinhas. Os senhores estenderam lenços nas cadeiras para absorver os pingos de chuva.

"Que bonito!" Ethel não pôde se impedir de exclamar diante do pavilhão da Martinica. No frontão da casa (também ela no estilo choça) estão representados em vulto perfeito flores e frutos exóticos de todo tipo, abacaxis, mamões, bananas, buquês de hibisco e de aves-do-paraíso.

"É, é muito bonito... quer ver?"

Mas ele fez a pergunta como fizera pouco antes, na mesma voz hesitante, e além disso segura Ethel pela mão e permanece imóvel. Ela entende, ela diz: – Mais tarde, se você quiser...

– De todo modo, não tem nada lá dentro. – Pela porta, Ethel avista uma antilhana de turbante vermelho na cabeça, que olha para fora sem sorrir. E pensa que gostaria de vê-la, de tocar seu vestido, de falar com ela que tem no rosto uma expressão tão triste. Mas não diz nada ao tio-avô. Ele a arrasta para o outro extremo da praça, para o pavilhão da Índia francesa.

A casa não é muito grande. Não atrai a multidão, que vai passando sem parar e flui num só movimento, ternos pretos, chapéus pretos e o leve fru-fru dos vestidos das mulheres, seus chapéus com plumas, com frutos, com véus. Algumas crianças retardatárias lançam olhares furtivos para o lado, para eles, Ethel e monsieur Soliman, que vão em sentido oposto, transpondo a turba. Vão para os monumentos, os rochedos, os templos, essas torres tão altas que se sobrepõem ao cimo das árvores semelhantes a alcachofras.

Ela nem perguntou o que era aquilo de antes. Ele deve ter resmungado a explicação: "É uma cópia do templo de Angkor Vat. Um dia, se você quiser, levo você para ver o verdadeiro". Monsieur Soliman não gosta de cópias, só se interessa pela verdade, e acabou-se.

Diante da casa, ele parou. Seu rosto sanguíneo exprime um contentamento perfeito. Sem uma palavra, aperta a mão de Ethel na sua, e juntos sobem os degraus de madeira que levam à entrada. É uma casa muito simples, de madeira clara, rodeada de uma varanda com colunas. As janelas são altas, com treliças do tipo muxarabi em madeira escura. O telhado quase plano, coberto com telhas envernizadas, é coroado por uma espécie de torreta com seteiras. Não há ninguém quando eles entram. No meio da casa, um pátio interno, iluminado pela torre, está imerso numa estranha luz malva. A um lado do pátio, um laguinho redondo reflete o céu. A água é tão tranquila que Ethel chegou a pensar que era um espelho. Ela parou, coração agitado, e monsieur Soliman também fica imóvel, cabeça um pouco inclinada para trás para observar a cúpula por cima do pátio. Em nichos de madeira em octógono regular, barras elétricas difundem uma cor muito leve, irreal como um vapor, cor de hortênsia, cor de crepúsculo sobre o mar.

Algo treme. Algo inacabado, um pouco mágico. Decerto por não haver ninguém ali. Como se fosse aquele o verdadeiro templo, abandonado no meio da selva, e Ethel acreditasse ouvir o rumor nas árvores, gritos roucos e agudos, o passo sedoso das feras no chão: sente um arrepio e se agarra ao tio-avô.

Monsieur Soliman não se mexe. Está imóvel no meio do pátio, sob o domo de luz; o clarão elétrico lhe tinge o rosto de malva e suas suíças são duas chamas azuis. Ethel agora entendeu: é a emoção do tio-avô que lhe provoca arrepios. Para que um homem assim tão alto e forte fique imóvel, deve haver um segredo naquela casa, um segredo maravilhoso e perigoso e frágil, e ao menor movimento tudo pode acabar.

O homem fala como se tudo ali fosse dele.

"Posso pôr minha escrivaninha aqui, e minhas duas estantes aqui... Lá a espineta e, no fundo, as estátuas africanas de madeira escura, que vão se sentir em casa com esta iluminação, e enfim vou desenrolar meu grande tapete berbere..."

Ela não entende bem. Acompanha o homenzarrão, que vai entrando pelos cômodos com uma espécie de impaciência que ela não conhecia. Finalmente ele volta para o pátio e senta-se nos degraus da escada para olhar o lago espelho do céu, e é como se contemplassem juntos um pôr do sol sobre a laguna, longe, num lugar qualquer bem distante, do outro lado do mundo, na Índia, na ilha Maurício, país de sua infância.

É como um sonho. Quando ela pensa no assunto, são a cor malva e o disco brilhante do laguinho refletindo o sol que a invadem. Uma névoa que vem de um tempo longínquo, muito antigo. Tudo agora desapareceu. O que resta não são lembranças, como se ela não tivesse sido criança. A Exposição Colonial. Ainda tem umas bugigangas guardadas daquele dia, quando caminhava pelas aleias de cascalho com monsieur Soliman.

– Aqui vou colocar minha velha cadeira de balanço, e será como estar na varanda; quando chover, posso olhar os pingos caindo no laguinho. Chove muito em Paris... E vou criar uns sapos, só para ouvi-los anunciar a chuva...

– O que é que os sapos comem?

– Mosquitos, mariposas, piolhos. Piolho, aliás, é o que não falta em Paris...

– Precisa plantas também, plantas baixas, que deem flores malva.

– Ah, sim, uns pés de lótus. Ou melhor, ninfeias; o lótus morreria no inverno. Mas não no lago redondo. Vou fazer outro lago para os sapos, no fundo do jardim. Esse daí, o lago espelho, quero que fique liso como um prato, para que o céu se contemple.

Só Ethel podia compreender a ideia fixa de monsieur Soliman. Ao ver os projetos dos pavilhões para a exposição, ele logo escolhera o pavilhão da Índia, e o comprara. Cancelara os projetos do sobrinho. Nada de prédio no terreno dele, nada de tocar numa só árvore. Mandara plantar as paulównias, os cóculos, os loureiros-da-índia. Tudo estava pronto para acolher sua loucura.

"Não tenho vocação para viver de rendas."

Para contrapor-se aos projetos de Alexandre, tornara Ethel sua herdeira. Evidentemente ela não soube de nada. Ou talvez ele tivesse lhe dito algum dia. Foi pouco depois da visita à exposição. As peças desmontadas do pavilhão da Índia francesa começaram a se acumular no jardim da Rue de l'Armorique. Para protegê-las da chuva, monsieur Soliman cobriu-as com um grande encerado preto e feio. Depois levou Ethel até a sebe que ocultava o jardim. Quando ele abriu o cadeado do portão, ela viu aquelas pilhas escuras brilhando no fundo do jardim, e ficou petrificada.

– Sabe o que é? – Monsieur Soliman trapaceou.

– É a Casa Malva.

Ele olhou para ela com admiração.

– Isso mesmo, acertou. – Depois, acrescentou: – Casa Malva vai ser então o nome dela, foi você quem deu. – E apertou a mão de Ethel, que já acreditava ver o pátio, as galerias, o lago espelho que refletia o céu cinza. – Tudo isso vai ser seu. Só seu.

Mas nunca mais ele tocou no assunto. De todo modo, monsieur Soliman era assim. Dizia alguma coisa uma vez e nunca mais repetia.

Ele tinha esperado muito. Talvez demais. Talvez preferisse sonhar com o que seria, em vez de levá-lo a cabo. As peças desmontadas da Casa Malva permaneciam sob o toldo de lona alcatroada, no fundo do jardim, e o mato já começava a encobri-las. Mas monsieur Soliman sempre levava Ethel, religiosamente, pelo menos uma vez por mês, ao local. No inverno, as árvores ao redor perdiam as folhas, mas as plantadas por monsieur Soliman resistiam. Os cóculos e os loureiros-da-índia formavam penachos de folhas verde-escuras, que mais evocavam a entrada de uma floresta que a de um jardim urbano. O terreno vizinho pertencia a um tal monsieur Conard, tipo que nem se imagina. Era um dos mais antigos moradores do bairro, filho do que tinha inaugurado a rua, em 1887. Supunha-se investido de autoridade; um dia falou à parte a monsieur Soliman: "Constatei que do meio-dia às três horas, por causa da folhagem das suas árvores exóticas, as minhas cerejeiras ficam na sombra".

O tio-avô de Ethel viera com esta resposta fulminante: "Ora, meu senhor, vá à merda". Era a primeira vez que Ethel ouvia a expressão, relatada por seu pai, que rebentava de rir. Que o tio pudesse usar linguagem de carroceiro, ou melhor, de soldado (foi o comentário de Alexandre), deixara Ethel empolgada. Ao mesmo tempo, ela sabia que não podia pronunciar aquelas palavras, sobretudo diante daquele que as dissera. Mas tudo bem.

Antes mesmo de as obras da Casa Malva terem podido começar, monsieur Soliman caiu doente. Na última vez em que foi com ele até o terreno, Ethel viu uma coisa estranha. A vegetação natural que invadia o jardim tinha sido tosada e o toldo de lona estava livre do mato. Sobre o portão de madeira que dava para a rua, uma tabuleta exibia a licença de construção que, ela não esqueceu, especificava: "Construção de casa térrea em madeira para moradia". Monsieur Soliman teve de lutar contra seu inimigo Conard, que se opunha ao projeto, capaz, segundo ele, de atrair cupins para Paris. Mas o apoio do arquiteto que projetou o bangalô, um tal Perotin, convenceu o departamento de urbanismo e a licença foi dada.

No terreno capinado, estacas tinham sido fincadas, e entre essas estacas uma trama de cordinhas desenhava a planta da casa. Ethel ficara intrigada com os riscos malva sobre a terra. É que as cordas estavam cheias de giz e, ao bater no chão, deixavam aqueles vestígios. Monsieur Soliman mostrou a Ethel como as marcas eram impressas. Levantando a corda com a ponta da bengala e soltando-a em seguida, com o barulho de um arco que se distende. Na hora, fez um zum! muito forte, e mais um pouco de pó malva se incrustou na terra.

Foi a última vez. Foi a lembrança que Ethel guardou, como se a luz suave que iluminava o interior da Casa Malva tivesse tingido até as marcas de giz na terra do jardim.

Naquele inverno, quando Ethel fez treze anos, monsieur Soliman morreu. Primeiro ele ficou doente. Não conseguia respirar. Estava na cama, estirado de costas no quarto de seu apartamento do Boulevard du Montparnasse. Ela o viu muito pálido, o rosto tomado pela barba, os olhos sem expressão, e teve medo. Ele fez uma careta e disse: "É difícil morrer... custa, custa muito". Como se ela fosse capaz de entender. Ao voltar para casa, repetiu à mãe o que monsieur Soliman tinha dito. Mas a mãe nada explicou. Simplesmente deu um suspiro:

"É preciso rezar por seu tio-avô". Ethel não rezou por não saber o que pedir. Que ele morra logo ou que se cure? Pensou tão somente na Casa Malva, desejando que monsieur Soliman tivesse o tempo necessário para retirá-la do toldo de lona alcatroada e erguê-la sobre os riscos no chão.

Mas choveu muito em outubro, e ela pensou que os riscos podiam ter se apagado. Foi talvez nesse instante que ela entendeu que seu tio-avô ia morrer.

Xénia

Ethel já não se lembra de onde elas se encontraram pela primeira vez. Talvez na padaria da Rue de Vaugirard, ou então em frente ao liceu feminino da Rue Marguerin. Revê porém a rua muito cinza, do cinza de Paris quando chove. Um cinza que invade tudo, que entra nos ossos e nos faz chorar. Seu pai costuma escarnecer do céu de Paris, do sol muito fraco. "Um comprimido de aspirina. Um tablete de lacre." O sol de Maurício deve ser outra coisa.

Ela, em todo aquele cinza, era a mancha dourada, um fulgor. Não muito alta para sua idade, uns doze anos, se não um pouco mais. Ethel nunca soube ao certo a idade de Xénia. Ela nasceu quando sua mãe fugiu da Rússia depois da revolução. No mesmo ano em que o pai morreu na prisão, ou que talvez tenha sido fuzilado pelos revolucionários. A mãe foi de São Petersburgo para a Suécia e depois de país em país, até Paris. Xénia cresceu numa cidadezinha alemã perto de Frankfurt.

Esses foram os retalhos de história de que Ethel tomou conhecimento e, de resto, para não esquecê-los, abriu um caderninho em cuja primeira página, um pouco solenemente, escreveu: "História de Xénia até agora".

Falou com ela. Ou terá sido Xénia que lhe falou primeiro? No meio da multidão, no meio de todo aquele cinza, Ethel a viu como um sol mais verdadeiro do que o tablete de lacre. Lembra-se de como seu coração batia, por causa da beleza da outra. Um rosto de anjo, pele muito clara e ao mesmo tempo um pouco morena, impregnada de um leve halo dourado no fim do verão, e aquela cabeleira de ouro atada no alto da cabeça como as alças de um cesto de trigo, misturada com fios de lã vermelha, e o vestido de babados que usava, comprido, claro, muito simples, apesar do bordado de linha vermelha no peito, a cintura tão fina que até daria para contorná-la com a mão (a mãozona de monsieur Soliman, claro).

São os olhos de Xénia. Nunca tinha visto olhos assim. De um azul esbatido, meio cinzento – cor de ardósia lavada, cor do mar do Norte, ela pensou –, mas não foi aquela cor que a surpreendeu. Monsieur Soliman também tem olhos azuis, cor de miosótis, muito luminosos. O que ela notou quase ao mesmo tempo foi que eles davam ao rosto de Xénia uma expressão de doce tristeza – ou melhor, o sentimento de um olhar distante, vindo das profundezas do tempo, carregado de sofrimento e esperança, como que filtrado por uma poeira de cinzas. Naturalmente ela não pensou em tudo isso no mesmo instante. Tudo foi se esclarecendo com a passagem dos meses, dos anos, à medida que Ethel reconstruía a história de Xénia. Mas naquele dia, na garoa da rua cinza, numa época de volta às aulas, o olhar da menina penetrou até o fundo de sua alma com um fulgor indistinto e violento, e ela sentiu o coração bater mais forte.

Ela estava com outras meninas de cujos nomes não se lembra, que esperavam disciplinadamente para entrar na escola e assistir à aula de poesia de mademoiselle Kohler, aquela estranha solteirona sobre quem as alunas contavam as histórias mais loucas e engraçadas de decepções amorosas, de fortuna perdida nas corridas do hipódromo, de virações e expedientes para sobreviver. Ela, Ethel, não escutava. Fixava a recém-chegada, não conseguia desviar o olhar e, em voz muito baixa, dirigindo-se às colegas, dissera: "Vocês viram aquela menina?".

Xénia a notou de imediato. No pátio da escola, foi direto para Ethel e estendeu-lhe a mão: "Meu nome é Xénia Antonina Chavirov". Tinha um jeito de dizer o *x* de seu nome com um som ligeiramente chiado, vindo do fundo da garganta, que Ethel logo achou maravilhoso, como também seu sobrenome. As outras meninas não deixaram de fazer uma piadinha sem graça: "Chavirov, você se vira?". Xénia, com um lápis em miniatura, escreveu seu nome numa folha de sua pequena agenda preta, a qual depois arrancou e deu a Ethel, dizendo: "Não repare, não tenho cartão de visita". O nome, a agendinha preta, o cartão de visita, tudo isso era demais para Ethel, que apertou forte a mão de Xénia: "Quero ser sua amiga". Xénia sorriu, embora seus olhos azuis permanecessem velados de mistério. "Claro, eu também quero ser sua amiga." Na mesma agendinha preta,

Ethel escreveu então, como um pacto solene, seu nome e endereço. Sem saber por quê, talvez para impressionar Xénia, para ter certeza de merecer sua amizade, mentiu um pouco. "É aqui que nós moramos, mas logo vamos nos mudar. Assim que a casa do meu tio-avô estiver pronta, vamos todos morar com ele." No entanto, àquela altura, Ethel já sabia que o futuro da Casa Malva não estava nada garantido. A saúde de monsieur Soliman declinava e seu sonho se tornava cada vez mais distante. Ele não saía mais do apartamento, inclusive renunciara aos passeios diários ao Luxembourg. Ethel sentia um aperto no coração quando passava pelo portão de madeira do jardim, na Rue de l'Armorique.

Uma vez, depois da escola, foi com Xénia até lá. Xénia sempre ia para a escola sozinha e voltava para casa sozinha, e Ethel a admirava ainda mais por isso. Ethel, naquele dia, deixou sua mãe prevenida. "Não é preciso ir me buscar, vou sair com a Xénia, minha amiga que é russa, sabe?" A mãe olhou para ela perplexa. Ethel concluiu às pressas: "Depois a gente vem lanchar aqui. Vou fazer chá pra ela. A Xénia toma muito chá".

Chegadas ao terreno da Rue de l'Armorique, bem nas pontas dos pés, as duas se ergueram para olhar pelas frestas do portão. "Puxa, é grande!", exclamou Xénia. E acrescentou algo que nunca ocorrera a Ethel: "Seu tio-avô é um homem muito rico".

Numa tarde de outono, Ethel levou Xénia até o jardim. No bolso do colete de monsieur Soliman, pegou a chave do portão de madeira, uma chave de ferro grande e enferrujada que parecia ser capaz de abrir a porta secreta de um castelo.

Envergonhava-se um pouco de pegá-la sem pedir permissão ao tio-avô. Monsieur Soliman dormia profundamente em seu quarto, com o grande corpo esticado sob um lençol branco e os pés enormes se alteando num pico na extremidade da cama. Na verdade ele nem se deu conta da visita de Ethel. Havia já algum tempo que tudo lhe era indiferente.

Diante do portão do jardim, Ethel mostrou a chave a Xénia. Sua impaciência era contagiante. Xénia soltou uma risada nervosa e pegou Ethel pela mão. "Tem certeza de que a gente pode?"

Brincavam de assustar uma à outra. O muro velho, vermelho e ocre, de pedras quebradas a marreta e com as juntas já corroídas, estava tomado pelos liquens, pela parreira-brava, e desde a doença de monsieur Soliman ninguém parecia se preocupar em cortar os cipós que obstruíam o portão.

Até a fechadura estava emperrada. Para que a lingueta cedesse, Ethel teve de tentar várias vezes. Ao ser girada, a chave produziu um rangido enferrujado que arrancou gritos de excitação das meninas.

"Espere, acho que tem uma mulher nos olhando!"

Xénia apontava o outro lado da rua, mas só com os olhos, sem mexer a cabeça. "Não faz mal, é uma zeladora." Enfiaram portão a dentro e Ethel logo passou a chave por dentro, como se alguém fosse empurrá-las para entrar também. "Venha, vou lhe mostrar nosso segredo!" Ethel levava Xénia pela mão. A mão de Xénia era pequena e suave, como mão de criança, e Ethel se comovia ao sentir aquela mão na sua, como uma promessa de amizade que nada poderia desfazer. Mais tarde ela se lembrou desse primeiro instante, das batidas de seu coração. Pensou: "Finalmente encontrei uma amiga".

A tarde no jardim da Rue de l'Armorique foi longa, muito longa. Passado o primeiro momento, em que examinaram um montão de tábuas tomadas pelo mato, as duas meninas foram sentar-se no fundo do jardim, embaixo de um caramanchão onde monsieur Soliman instalara outrora um banco para poder sonhar à vontade. Era úmida aquela tarde de outono, mas um sol tímido iluminava o muro de pedras no fundo do terreno. Uma lagartixa marrom saíra do muro para observá-las com seus olhinhos brilhantes como botões de metal.

Ethel nunca tinha falado assim com ninguém. Sua impressão era de estar subitamente mais livre. Ria, contava anedotas, lembrava-se de detalhes acumulados desde a infância. Falava de projetos, de ideias, de um vestido de baile, e do bolso do casaco de malha acabou tirando um desenho de moda: "Aqui, um cinto com lantejoulas para um vestido azul, e uma saia de cetim preto e, por cima, uma túnica violeta e uma blusa de lamê dourado, ou uma túnica de renda, ou então, olhe ali, uma blusa de cetim preto com tule". Xénia olhava para o desenho. "O que é que você acha?" Antes que a outra pudesse responder, Ethel já prosseguia: "Sapatos dourados? Não, talvez um pouco berrante, um pouco espalhafatoso, não é?". E dava um passo atrás, como se visse Xénia envergando os modelos. "Sabe, você é tão bonita que eu gostaria que tudo isso fosse para você vestir, eu desenharia os vestidos e você é que usaria."

Imaginava Xénia vestida de azul-elétrico, com os longos cabelos dourados caindo em cascata sobre os ombros nus, as mãos tão pequenas, tão finas, enfiadas em luvas pretas até os cotovelos, e os pés calçando sandálias de couro, de tirinhas, sapatos de verniz como os das menininhas. As duas riam, levantavam-se e saíam andando pelo tapete de folhas mortas como se ele fosse o grande tapete vermelho de um hotel luxuoso. Ali, esqueciam tudo. As dificuldades da vida, no caso de Xénia, a pobreza que ela e a irmã enfrentavam, sua vida de mendigas. No caso de Ethel, as brigas entre o pai e a mãe, os boatos sobre um caso entre seu pai e Maude, e monsieur Soliman lá, esticado na cama, vestido como se estivesse prestes a viajar. Ethel escutara a empregada Ida contar à sua mãe que ele tinha pedido que o vestissem todas as manhãs e amarrassem bem os sapatos, porque sabia que estava para morrer.

Elas se habituaram a voltar lá, depois da escola, quase todos os dias. Ethel, para ficar com Xénia, mentia um pouco. Dizia que ia à casa da amiga para ajudá-la a fazer os deveres de francês. Xénia jamais a convidara a ir à casa dela. Para dizer a verdade, Ethel nem sabia onde ficava a casa dela. Uma ou duas vezes, tinham andado juntas até a Rue de Vaugirard, e Xénia mostrara vagamente a descida: "É por ali que eu moro".

Ethel entendia que ela não quisesse mostrar a extensão de sua pobreza, a moradia precária. Um dia em que ela falava do lugar onde vivia, dissera assim, meio na brincadeira: "Nosso apartamento mais parece um barracão; é tão pequeno que de manhã a gente enrola os colchões para poder andar".

Ethel se envergonhava de ser rica, de morar num grande apartamento térreo, de ter um quarto só para ela, com uma porta-janela que se abria para um jardim florido. Invejava a vida de Xénia, a irmã com quem ela dormia, a casa apertada, os ruídos de vozes e até mesmo a preocupação com o futuro. Imaginava o clima de uma vida de aventuras, as dificuldades de dinheiro, a procura de meios para sobreviver. As tardes no jardim da Rue de l'Armorique eram momentos privilegiados. Sentavam-se as duas no banco carcomido, sem sentir frio, para conversar. Quando chuviscava, abriam as sombrinhas e se instalavam bem juntas. Às vezes, quando vinha diretamente de casa, Xénia já trazia o chá pronto, numa garrafa enrolada num retalho de lã, e duas xícaras de prata, decerto um resto das glórias da família Chavirov. Ethel saboreava o chá quente, um pouco amargo, excitante. E elas riam, riam muito e às gargalhadas. Para retribuir, Ethel levou um dia seu bule, no baú chinês para piquenique que tia Willelmine trouxera de Maurício e dera a ela. Xénia admirou o lavor do baú vermelho, o bule chinês e as mimosas xícaras sem asa, mas o chá com baunilha, para seu gosto, era muito doce, e ela fez careta. "Não gostou, não?", disse Ethel com o coração apertado. Xénia sorriu. "Não é nada, é só o chá. Se você não se importar, é melhor eu trazer o meu, como de hábito." Ethel até esqueceu a desfeita. O "como de hábito", pondo-lhe mel na alma, deixava claro que aqueles encontros continuariam. Sentiu por isso uma gratidão tão grande que lágrimas lhe rolaram dos olhos, e ela virou o rosto para Xénia não perceber.

Aos poucos Xénia contava sua vida. Ethel não perguntava nada. Sabia que Xénia só diria o que ela mesma já decidira revelar, que aquilo não eram confidências, mas uma espécie de doação que ela fazia para sacramentar a amizade entre as duas. Uma espécie de pacto. Falava da mansão dos Chavirov em São Petersburgo. Das festas que a família dava, às quais toda a vizinhança podia ir, nobres e agricultores, soldados, artesãos e artistas. Falava disso com ardor, como se tivesse estado lá, e no entanto eram fatos de antes do seu nascimento, de antes da revolução, quando seus pais eram recém-casados. Na época eles tinham ideais, acreditavam na nova era. Achavam que viveriam para sempre. Xénia trouxe uma foto, já toda amarelada e manchada, como se o tempo pretendesse apagar aquela época. Na foto, Ethel viu um rapaz bem moreno, em trajes elegantes, com os cabelos compridos e uma barbicha romântica. Ao lado dele, a mãe de Xénia, uma loura bonita que, com os cabelos enrolados num coque meticuloso, usava vestido longo, branco, plissado, e um corpete bordado como o das camponesas. "O nome dela é Martina", contou Xénia. "A roupa que está usando é a das moças de Vilna; ela é lituana." Por trás do jovem casal dava para ver um cenário de fotógrafo, um templo grego, jardins suspensos. Tudo com um ar de eterno verão.

Xénia se abria um pouco. Ela, que geralmente apresentava um rosto impassível, com um sorriso congelado, com aquele ar de estar se vigiando e nunca deixar escapar nada, desmoronava de repente sobre o ombro de Ethel, e sua voz, agora rouca, abafada, não controlava mais o sotaque. "Viver é tão duro..." Uma ruga cruzava a testa de Xénia, unindo as sobrancelhas, e seus olhos azul-acinzentados se enchiam d'água. Com uma solenidade imprevista: "A vida às vezes é tão difícil...", Ethel apertava sua mão, dava-lhe um beijo. Sabia que não podia dizer nada. Sua própria vida, o fosso que a cada dia se aprofundava mais entre seu pai e sua mãe, os desentendimentos por causa de dinheiro, uma ameaça difusa porém perceptível de caminhar para o desastre, tudo isso não era nada ao lado do que Xénia tinha vivido, a morte trágica de seu pai, a fuga com a mãe e as irmãs pela Alemanha e finalmente a chegada à França, àquela grande cidade gelada e sombria onde fora preciso viver de expedientes. Será que Ethel teria gostado tanto assim de Xénia se não houvesse esse mistério nela, em sua infância, em sua vida de cada instante? Descobria essa fraqueza em si, recriminava-se por senti-la, mas não sabia como lhe opor resistência. O amor se alimentava então de tais quimeras, era um sentimento que podia ser tão impuro assim? Algumas vezes ela tinha a impressão de ser um joguete, o joguete de suas ilusões, ou o joguete daquela menina que alternava a tristeza com a zombaria, o cinismo com a ingenuidade.

Pouco a pouco foi ficando claro que Xénia sentia prazer em dominar, em conduzir sua relação com Ethel como um jogo. Numa tarde em que se confiara, com os olhos cheios de lágrimas, para falar da mãe, que trabalhava num ateliê de costura, e de sua irmã Marina, que era possuída de um ódio destruidor e ameaçava suicidar-se, Xénia, na saída das aulas, pareceu lamentar sua fraqueza e foi muito fria com Ethel, evitando ficar sozinha com ela e dando o braço a outra menina ao se afastar pela rua. Ethel ficou paralisada e magoada, perguntando-se o que poderia ter dito ou feito para merecer aquele tratamento.

Ethel, ao voltar para casa, fechava-se em seu quarto e se recusava a comer. "O que será que ela tem?", perguntava a mãe. Alexandre, com um ar de entendido: "Tem é que sua filhinha está apaixonada, só isso". Ethel, que entreouvira essa resposta pela porta, sentiu-se completamente aniquilada. Teve vontade de gritar: "Mas vocês não sabem de nada, não entendem nada!". Mais tarde, e nos dias seguintes, compreendeu o que tanto lhe magoava o coração. Simplesmente ciúme. Xénia havia instilado esse veneno nela. E isso a fez indignar-se consigo, sentir raiva de si mesma. O ciúme então era aquilo. Um sentimento banal. O mesmo que roía sua mãe, que a levava ao desespero por causa da cantora Maude, um sentimento de mocinha romântica, de mulher fraca, de vítima! Era algo que a aturdia, que lhe dava náusea. Depois, um dia, sem nenhuma razão, na saída da escola, lá estava Xénia de novo a esperar por ela, linda como um anjo, com seus olhos cor de mar, seus cabelos cor de mel enrolados num coque caprichado e preso por uma fita de veludo preto. Usando um vestido novo, com cinto de lantejoulas, ela deu um beijo em Ethel: "Viu só? Minha mãe fez o modelo que você desenhou!". Ethel sentiu-se tola, ébria e tola, um líquido quente e espesso entrou-lhe pelo corpo. Deu um passo atrás para admirar o vestido. "É mesmo, ficou ótimo em você." Foi tudo o que achou para dizer.

Depois elas de repente se tornaram as melhores amigas do mundo. Estavam sempre juntas, não se largavam mais. De manhã, quando se levantava antes da hora, Ethel já sentia o coração pleno de alegria com a ideia de encontrar Xénia mais tarde. No resto, nem pensava. As tias se queixavam: "Você não vem mais nos ver. Será que está zangada conosco?". Mas nas tardes de sábado passava por lá, depois da educação religiosa e antes da aula de piano. Entrava voando pelo antigo apartamento de monsieur Soliman, hoje ocupado por tia Willelmine, beijava a velha senhora, roía um biscoito, sorvia o chá de baunilha e desaparecia apressada, pulando os degraus escada abaixo para não ter de esperar o elevador. Matava a aula de piano para encontrar-se com Xénia no Boulevard des Italiens. Ali, iam olhar as vitrines. Xénia, aparentando mais idade do que tinha, sentia uma ponta de vaidade por ser notada pelos homens, enquanto Ethel achava aquilo perfeitamente ridículo. "Você viu aquele cara, viu só como ele te olhava? Que velho mais sem-vergonha!" Sem mais nem menos ela ficava uma fera: "Pois vou dizer umas coisas ao tal senhor. Que atrevimento! Ele acaba de passar por você e agora está nos seguindo como um cachorrinho. Por acaso não tem nada melhor a fazer?". Mas o risinho satisfeito de Xénia destoava do furor da amiga. Era com um pouco de condescendência que ela falava dessas coisas, dando a entender que sabia muito sobre os homens, sobre sua frivolidade e o que em geral eles valem. Um dia, chegou mesmo a dizer a Ethel: "Você no fundo é muito ingênua". Ethel se sentiu mortificada, quis responder, mas não soube o que dizer. Não era verdade que fosse ingênua, pensou. Se abrisse a boca, falaria necessariamente da relação de seus pais, das brigas entre os dois, de Maude, do lugar que aquela mulher tinha ocupado em sua família, da ruína que ocasionara. Mas tudo isso era tão pouco ao lado do destino trágico dos Chavirov, que ela jamais teria ousado comparar-se a Xénia.

Ethel se apegara demais à amizade dela. Era um milagre. Todas as meninas da escola deviam sentir-se enciumadas. A beleza, o mistério, o nome mesmo de Xénia, que ela pronunciava com um *x* bem suave, e o sobrenome Chavirov, que evocava o naufrágio de sua história. Por ela, para agradá-la, Ethel mudara de caráter. Ela, que era basicamente pessimista e fechada, transformava sua pessoa no momento de encontrar-se com Xénia. Tornava-se engraçada, despreocupada, leve. Bancava a ingênua, já que era essa a característica que a amiga reconhecia nela. Num caderno que mantinha, anotava ideias, historietas, coisas que ouvia em casa ou na rua. Punha-se a falar daquelas coisas com Xénia, pedia sua opinião. Na maior parte do tempo Xénia nem escutava. Olhava para Ethel com ar de estar pensando em outra coisa. Ou então cortava logo: "Você complica muito a vida". Com um risinho zombeteiro, ofensivo, e que ela supostamente tentava ocultar, acrescentava: "Sabe, Ethel, a vida real já é bem difícil em si, melhor não piorar ainda mais as coisas". Ethel baixava a cabeça, concordava: "É, você tem razão, você logo vê as coisas como elas são. É por isso que sou sua amiga".

Acontecera havia algum tempo. Para se tranquilizar, para se exprimir, Ethel agora dizia frequentemente essa palavra. Ela que a riscara de seu vocabulário fazia tempo, como se apenas monsieur Soliman tivesse tido direito a tais sentimentos – a amizade, o amor, a afeição. Um dia porém ela ousou. Depois de um longo dia que passaram juntas, andando pelas ruas e em seguida pela Allée des Cygnes, diante do Sena, no ar suave de uma tarde de primavera. Ao olhar furtivamente para o perfil de Xénia, a testa alta, o narizinho de abas delicadas, a penugem loura da nuca, abaixo do coque, a boca de lábios muito vermelhos e aureolados, os cílios fazendo sombra nas faces, Ethel sentiu no fundo de si um impulso amoroso, irresistível e delicioso como um arrepio, e disse muito depressa, sem refletir: "Sabe, Xénia, eu nunca tive uma amiga como você". Durante longos segundos, Xénia não se mexeu, talvez não tivesse ouvido bem. Depois ela se virou para Ethel, e o azul gris de suas íris lembrava a cor de um mar muito ao norte, muito longínquo, e disse: "Nem eu, querida". E, para quebrar a solenidade meio ridícula da confissão, fez chacota. "Não sei se você notou, mas estamos exatamente no lugar onde os namorados fazem suas grandes declarações!" E logo em seguida ela passou a falar da modista para quem sua mãe trabalhava, mulher grandona e um pouco masculina com um sobrenome que acabava em *is* – Ethel achou que ela podia ser grega, Karvélis, mas na realidade ela era lituana – e que era conhecida por seus hábitos. "Você entende o que estou querendo dizer, não é?", Xénia dizia. "Ah, é mesmo, você não entende dessas coisas, já sei! Estou falando de uma mulher que não gosta de homens, de uma mulher que anda com mulheres."

Xénia gesticulava um pouco e Ethel reparou como suas mãos eram bem cuidadas, mãos de boneca, de dedos finíssimos, unhas cor-de-rosa cuidadosamente lustradas com o polidor de camurça. Por que ela contava tudo aquilo sobre a tal Karvélis? Um dia a mulher entrara na cabine onde Xénia estava trocando de roupa depois de provar um vestido, tocara de leve seu ombro e murmurara: "Se você quiserr (e Xénia fazia uma voz sugestiva, carregando nos *rr*, à maneira russa), nós podemos serr grrrandes amigas!".

Madame Karvélis era agora o tema predileto de suas brincadeiras. Sob aquela aparência de moça delicada, aristocrática, Xénia ocultava um bom-senso realista e mesmo um espírito atrevido, que certamente chocaria seus pais, Justine e Alexandre, mas que Ethel achava extremamente engraçado. Nada lhe escapava. Nem os olhares de monsieur Borna, o inspetor de disciplina, nem a atitude enamorada de mademoiselle Jeanson, a professora de francês. No dia em que mademoiselle Jeanson arrumou um xale muito comprido, de seda lilás, e passou se exibindo pelo pátio da escola, Xénia deu uma cutucada em Ethel: "Você viu só? O xale dela ultrapassa o casaco na altura da bunda!". Nunca ela ria às gargalhadas, tinha sempre uma vozinha áspera para contar histórias às quais Ethel não conseguia resistir. "Quando ela anda, repare, a ponta do xale parece um rabo pendurado no bundão!"

Várias vezes Ethel esteve com Xénia no ateliê de costura onde a condessa Chavirov trabalhava. Era no outro extremo de Paris, uma aventura, ficava no segundo andar de um prédio na Rue Geoffroy-Marie, não longe da Rue La Fayette. Quando Ethel chegou, numa das primeiras visitas, toda a família Chavirov estava reunida: a mãe curvada sobre seu alinhavo, passando a agulha, e as filhas dando voltas na frente do espelho, fantasiadas de princesas. O ateliê era escuro, achava-se em extrema desordem, com caixas e retalhos de tecidos empilhados no chão.

Madame Karvélis trabalhava junto a uma mesa e poderia ser tomada por empregada da condessa. Xénia tinha necessidade de público e, com a chegada de Ethel, se soltou. Caçoava abertamente da Karvélis, puxava-a pela mão, dançava em torno dela frufrulhando um vestido longo de dama de honra, em organdi branco. Um pouco atrás, Marina também rodopiava, como se dançasse ao espelho, e seus risos e aplausos ressoavam pelo amplo apartamento. Ethel contemplou com fascínio a cena, ao mesmo tempo cômica e patética. Um turbilhão de loucura arrastava aquelas meninas, fazendo-as desafiar a tristeza e a opressão de seu destino. Madame Chavirov, por sua vez, não se movera. Tinha parado de coser e olhava para o espetáculo com o rosto abatido, imóvel, sem expressão. Em dado momento Xénia foi até Ethel e tirou-a para dançar, com o corpo muito arqueado, pondo as mãos de Ethel em sua cintura como se a amiga fosse o cavalheiro, e enlaçando-a com o braço direito, a mão no ombro da parceira. Ethel sentia o corpo rijo, as varetas do espartilho, o perfume que se desprendia dos cabelos de Xénia, uma mistura de colônia e enxofre, um pouco provocador, um pouco enjoativo. Terminada a dança, ela beijou Ethel no rosto, mas não de leve: deu-lhe um beijo impulsivo, quase brutal. Com aquele beijo na face, bem pertinho do canto de seus lábios, Ethel estremeceu. Tudo aquilo era um jogo, eram provocações. Sempre levando Ethel pela mão, Xénia inclinou-se diante da Karvélis e com sua voz meio rouca, não muito elegante, disse: "Tenho uma notícia para dar!". Como Marina e a condessa parecessem não ter escutado, ela, forçando a voz, repetiu: "Alô, alô, minhas senhoras! Tenho uma notícia para dar... Ethel e eu resolvemos ficar noivas!". Era profundamente engraçado, Ethel em pé, um pouco empertigada em sua saia e sua blusa de cor escura, os cabelos castanhos presos num coque, os pés em sapatos sérios, sem salto, e Xénia toda exuberante nos seus véus e babados brancos, os pezinhos delicados em escarpins dourados, como se fosse uma noiva. Mais tarde, na rua, andando para os lados da Rue de Rivoli, depois na direção da ponte do Carrousel, Xénia explicava a vida a Ethel: "Para mim, a Safo não tem o menor problema. Só espero que ela não esteja a fim de mim, entende?". Para não arregalar os olhos, Ethel teve de se controlar. "Claro que entendo." De repente ela descobria todo um mundo oculto: a razão do ligeiro mal-estar que sentia quando sozinha com mademoiselle Decoux em seu ateliê de escultura impregnado de cheiro de tabaco e suor. Aquela mulher corpulenta, de olhinhos pretos como azeitonas, e que sempre mostrava tanta intimidade, que a agarrava pelo braço e a beijava com uma força bem masculina. Ela hesitava em falar no assunto. "É uma artista para quem meu tio-avô aluga um ateliê ao lado, ela fuma charuto..." Xénia não deu muita atenção. "Fumar não quer dizer nada. Por acaso ela vive com outra mulher?" Ethel foi forçada a admitir que não sabia. "O que ela tem são muitos gatos, gosta de esculpir animais..." Xénia atalhou: "Então é doida". E nunca mais tocaram no assunto.

Para agradar a outra, Ethel comprou um método de russo. Estudava na cama, à noite. Repetia *iá liubliú* e as lições que se encadeavam sem lógica, mas retinha somente o que queria, conjugar o verbo amar. Um dia, no ateliê da Rue Geoffroy-Marie, ela criou coragem e disse a madame Chavirov: *Kak pajiváietie?* Como a condessa se extasiasse, Xénia fez troça com sua voz muito sarcástica: "Ah, sim, Ethel fala muito bem, sabe dizer *Kak pajiváietie* e depois *iá znaiú gavarit pa rússki* e também *gdie toaliet?*". Ethel sentiu o rosto corar, sem saber ao certo se de vergonha ou de raiva. Xénia manejava a ofensa e a carícia com a mesma destreza, tinha aprendido isso desde a infância, para sobreviver. Algum tempo depois, ao sabor das andanças das duas amigas pelas ruas de Paris, pelos jardins do Luxembourg, deu a Ethel uma aula particular, mas bem particular mesmo, pois só o amor entrava em questão numa sequência de frases sem nenhuma aplicação prática. Mandou-a repetir: *iá dumaiú chto ana ievo liubit*, eu creio que ela ama, *iá znaiu chto on ieiô liubit*, eu sei que ele ama, e depois *liubov, vliubliommyí, vliublionná*; pronunciou essas palavras esticando longamente a sílaba final, e *daragaiá, maiá daragaiá padrugá*. Fechando um pouquinho os olhos, disse: *rarachó, mnie rarachóóó*. E, virando-se para Ethel: *ty, davolnaiá?* Você está satisfeita?

Em julho, a Allée des Cygnes ficava longe de tudo, perdida no meio do Sena. Era lá que Xénia marcava encontro. Ela nunca falava como as outras meninas: "Então até amanhã, na mesma hora...". Simplesmente fazia meia-volta e se afastava depressa a passos largos, num instante sumia na multidão da Rue de Rennes ou do Boulevard du Montparnasse. Ethel saía cedo, com ar atarefado. "Aonde você vai?", perguntava Justine, e ela sempre evasiva: "Vou fazer compras com uma amiga". Não inventava grandes mentiras, não falava de aulas de piano nem de ensaios do coral.

Chegava à ilhota descendo a escada da ponte do metrô aéreo. Pela manhã, a longa alameda estava deserta, e era muito fresca a sombra dos freixos. Às vezes ela avistava um vulto ao longe, na extremidade da alameda. Homens sozinhos, o que não era animador. Avançava para eles num passo decidido, como se não sentisse medo. Xénia é que lhe ensinara: "Se andar assim, sem vacilar, é você que dá medo neles. É preciso sobretudo não afrouxar o passo, não olhar em volta. Fixe um ponto imaginário, imagine que lá alguém te espera". Devia mesmo dar certo, porque nunca a abordaram.

Xénia sempre a esperava no mesmo lugar. Chamava-o de árvore-elefante, um imenso freixo enraizado na margem cujos galhos maiores se curvavam para dentro do rio, como presas, como trombas. Em pé, sem dizer nada, ali ficavam as duas, olhando a água esverdeada e os cabelos castanhos que ondulavam na torrente. Depois iam sentar-se num banco, à sombra dos plátanos, de onde viam deslizar as barcaças que subiam o Sena deixando uma esteira barrenta, e as que estavam amarradas do outro lado, ao longo do cais. Falavam em partir. Xénia queria o Canadá, a neve, as florestas. Imaginava um grande amor com um rapaz que possuiria terras e um haras. Seu grande amor eram de fato os cavalos, como os que outrora montavam na Rússia, nas terras de seu pai. Ethel falava de Maurício, da propriedade de Alma, como se aquilo ainda existisse. Falava da colheita dos frutos *zako*, das sementes de baobá e dos banhos na água fria dos riachos, no meio da floresta. Falava dessas coisas como se as tivesse vivido, embora fossem informações fragmentárias que ouvira da boca de tia

Milou ou de tia Pauline, ou dos berros de Alexandre quando falava crioulo. Xénia, na realidade, não escutava. Às vezes a interrompia. Mostrava a cidade efervescente do outro lado do rio, a ponte arqueada onde passavam os trens, a silhueta da torre Eiffel, os prédios. "Para mim, é aqui que tudo acontece. As lembranças me dão náusea. Quero mudar de vida, não quero viver como mendiga."

Ainda não falava em noivo, em casamento. Mas a determinação estava escrita em seu rosto. Era evidente que ela já construíra uma vida para si, que tudo estava decidido. Não deixaria ninguém atrapalhar sua sorte.

Conversas de salão

O salão da Rue du Cotentin não era muito grande, mas nos primeiros domingos de cada mês, ao meio-dia e meia, enchia-se de visitas, parentes, amigos e conhecidos ocasionais que Alexandre Brun convidava para almoçar e passar a tarde. Era um ritual do qual o pai de Ethel não queria abrir mão. A monsieur Soliman, que criticava essas reuniões dizendo que elas entediavam sua sobrinha e custavam caro, Alexandre respondia: "Meu caro, um advogado não existiria sem essa vida mundana, que é a sua área de caça". Monsieur Soliman dava de ombros. Ao chegar da ilha Maurício, Alexandre de fato tinha se formado em direito, mas o diploma não lhe servira para nada. Ele nunca havia advogado e contentava-se em fazer negócios, investindo o dinheiro de sua herança em projetos nebulosos, na compra de participações ou ações de companhias em falência. Tinha porém um temperamento artístico, era eloquente, bom cantor e bom músico, causava boa impressão com seu bigode comprido e retorcido, a cabeleira negra, os olhos azuis, a estatura elevada, e as reuniões de domingo eram sempre um sucesso. Justine amava muito o marido e, para não entristecê-la, monsieur Soliman não formulava suas críticas em público. Simplesmente evitava as reuniões do salão, usando como pretexto uma indisposição, uma ocupação ou um mero contratempo. Alexandre não era bobo, como também não era homem de se deixar abalar. Mantinha com o tio por afinidade relações distantes, corteses, um pouco irônicas, que seus modos exóticos, seu bom humor e sobretudo seu sotaque crioulo tornavam muito pouco dramáticas.

Ethel tinha conhecido desde sempre o ambiente dessas reuniões, que faziam parte de sua vida familiar, do cenário de sua infância. Pequena ainda, almoçava às carreiras para ir encarapitar-se no colo do pai pela parte mais prolongada da tarde, quando ele se instalava na poltrona de couro para dialogar com os convidados. Fumava então um cigarro atrás do outro, que ele mesmo enrolava numa maquininha. Ethel tinha o privilégio de apanhar as pitadas de tabaco escuro para apertá-las na faixa de borracha entre os rolos e, depois, de lamber cuidadosamente a beirada da folha de papel Job – tudo isso sob o olhar reprovador da mãe, que não ousava dizer nada, e o sarcasmo eventual de um convidado: "Não será de espantar se mais tarde ela fumar cachimbo, como George Sand ou Rosa Bonheur!". Alexandre não se perturbava: "E que mal há nisso? Temos uma inquilina que fuma charuto e usa calça comprida!". Mademoiselle Decoux, uma original. Em seu ateliê, no térreo da Rue du Cotentin, do outro lado do jardim, ela esculpia em pedra silhuetas de animais, principalmente cães e gatos. Seu comportamento, seu modo de vestir-se e o tabagismo chocavam muitos moradores do bairro, mas ela era gentil e cheia de vida, e por isso monsieur Soliman não hesitara em alojá-la, embora ela nem sempre pagasse o aluguel em dia. Às vezes ele levava Ethel para visitar mademoiselle Decoux. No grande aposento iluminado pela luz filtrada que entrava pelos vitrais, Ethel circulava entre animais imobilizados cada um em sua pose, gatos dormindo ou à espreita, cães danados, cães sentados, cães deitados com as patas dianteiras esticadas bem para a frente e a cabeça numa postura hierática. Em meio às estátuas, formas furtivas circulavam, corriam para esconder-se nos cantos, roçavam por trás as pernas de Ethel; eram parte da bicharada viva de mademoiselle Decoux, composta sobretudo de gatos de rua que ela recolhia e alimentava, antes de dá-los a quem os quisesse.

Quando pequena, Ethel gostava de adormecer no colo do pai, escutando o rumor da conversa. A poltrona preferida de Alexandre era ampla e funda, de couro cor de borra de vinho lustroso pelo contato com os paletós de tweed e as calças de Alexandre, impregnada de um aroma doce e meio enjoativo, mistura de tabaco, de cheiro de cozinha e do conhaque que ele bebia com prazer depois do almoço. As vozes soltavam lascas, lampejos, a música do sotaque mauriciano que ora se alteava, ora baixava, contrapondo a voz grave de Alexandre às vozes agudas e cantantes das mulheres, tia Pauline, tia Willelmine, tia Milou.

– ... olhos azuis, cabelo louro...

– Eu lhe garanto, meu caro...

– I-na-cre-di-tá-vel!

– Mas, enfim, meu Deus!

Mais cedo ou mais tarde a conversa derivava. Era invariável. Ethel seria capaz de dizer em que momento preciso, o quê a levava à deriva. Algo que obedecia a uma espécie de sinal secreto. Alexandre empurrava então seu prato, onde o caril deixara uma mancha alaranjada idêntica à linha das águas-vivas numa praia. Os restos de bredos e de grãos, por sua vez, imitavam muito bem as algas que a maré deposita.

Mesmo depois de crescida, quando deixou de se aninhar no colo do pai para adormecer, Ethel continuou a gostar da hora depois do almoço em que seus sentidos se entorpeciam. Encostava sua cadeira na do pai, respirava o odor agridoce dos cigarros que ele fumava, ouvia-o falar do tempo antigo, lá na ilha, quando tudo ainda existia, a casa grande, os jardins, as noites na varanda.

"Você se lembra, Milou, daquela velha Yaya? Quando voltávamos da escola de miss Briggs, todos mortos de fome, e como bons peraltas íamos pegar mangas no seu pomar, ela nos bombardeava com os caroços das frutas que tínhamos comido antes e que sempre eram guardados como munição contra nós!" As risadas explodiam, as tias faziam comentários, sobretudo Milou, a irmã caçula de Alexandre, tão morena quanto as outras eram louras e de olhos verdes em que as pupilas boiavam, por isso todo mundo dizendo que ela era má. "Mas o que dizer do caroço?" As outras repetiam cacarejando:

"Mas o que dizer do caroço?". Era este, no dialeto da ilha, o dito preferido de Alexandre: *mangue li goût, so noyau kili*, a manga é boa, mas o que dizer do caroço?

Por que monsieur Soliman permanecera estranho a tudo aquilo? Porque rompera as amarras, saíra da ilha aos dezoito anos e nunca mais voltara lá. Desdenhava os concidadãos, que a seu ver eram mesquinhos, fofoqueiros, desinteressantes. Ethel um dia lhe fizera a pergunta: "Por que o senhor, vovô (gostava de chamá-lo assim, tratando-o com cerimônia), saiu da ilha Maurício? Lá não é bonito?". Ele a olhara perplexo, como se nunca tivesse pensado na questão. Depois dissera simplesmente: "O país é pequeno, e as pessoas também". Mas não explicara nada.

As vozes se alteavam, baixavam. Ressoavam nomes de lugares, Rose Hill, Beau Bassin, a Aventure, Riche en Eau, Balaclava, Mahébourg, Moka, Minissy, Grand Bassin, Trou aux Biches, Les Amourettes, Ébène, Vieux Quatre Bornes, Camp Wolof, Quartier Militaire. E também nomes de pessoas, Thévenin, Malard, Éléonore Békel, Odile Du Jardin, Madeleine Passereau, Céline, Étiennette, Antoinette, e os apelidos dos homens, Dileau Canal, Gros Casse, Faire Zoli, Fer Blanc, Gueule Pavée, Tonton Ziz, Licien, Lalo, Lamain Lamoque, N'a-que-les-os.

Os estranhos sentiam-se excluídos. Os estranhos eram os do clã Soliman, tios, tias, primos e primas pelo lado da mãe de Ethel, sempre em inferioridade numérica e completamente sobrepujados pelos do clã Brun, mauricianos de fala grossa, riso comunicativo, dotados de humor e de malícia, capazes, quando juntos, de fazer frente à pessoa mais loquaz, mesmo sendo um parisiense.

Alexandre, de resto, não deixava de exibir sua pouca estima pelos da capital e costumava enunciar, para encerrar todos os debates: "O parisiense, que nasce maldoso, é o maior dos imbecis".

Havia também os esporádicos. Entre estes, um homenzinho careca e amarelento de olhos bem pretos que Ethel detestara logo de saída. O que ele fazia na vida? Não estava muito claro. Ethel um dia perguntara ao pai. "É um industrial." E como se a resposta fosse insuficiente, ele acrescentara: "É um aventureiro dos tempos modernos. Trabalha na Bolsa".

Incontestavelmente Claudius Talon se sobrepusera a Alexandre. Com resposta para tudo, conhecia todo mundo e pretendia ter amigos no mundo das finanças e na política. Mas não era por causa de suas opiniões ou de suas pretensões que Ethel o detestava. Num dia em que ela estava sozinha no corredor, Talon acariciara seu pescoço inclinando-se sobre ela, um bafo quente perto de sua orelha. Tendo então treze anos, ela nunca se esqueceu do pavor que a imobilizou um instante, enquanto o homenzinho roçava o dorso dos dedos em seu pescoço e em sua nuca, como se refletisse sobre o modo ideal de estrangulá-la. Depois de se livrar do apuro ela fora entrincheirar-se em seu quarto, mas não dissera nada a ninguém; imaginava seu pai desculpando-se com as visitas: "Minha filha não está se sentindo muito bem, é uma idade complicada...".

Ethel gostava era de um rapaz chamado Laurent Feld, um inglês de cabelo ruivo e anelado, bonito como uma garota, que de tempos em tempos visitava os Brun. Ethel achava que o conhecia desde sempre, chegara a supor que ele fazia parte da família. Ao sabor das conversas, acabou por compreender que era apenas um amigo, ou melhor, o filho de um amigo de infância de Alexandre, o doutor Feld, que o pai conhecera em Reunião. O rapaz também era das ilhas, embora houvesse perdido o sotaque cantado e na Inglaterra tivesse adquirido trejeitos e um modo de vestir-se que destoavam do salão da Rue du Cotentin. Sua timidez, seu recato, seu bom humor seduziam Ethel. Quando ele entrava no salão, ela via uma espécie de halo de luz vermelha que lhe contornava o rosto e a enchia de alegria, sem que ela mesma soubesse dizer por quê. Ia sentar-se perto dele, fazia-lhe perguntas sobre sua vida na Inglaterra, seu curso de direito, seus hobbies, as músicas de que gostava, os livros que tinha lido etc. Ela apreciava o fato de ele não fumar. Mas talvez o que mais a comovia no rapaz fosse ele já não ter pai nem mãe. A mãe morrera em seu nascimento, e o pai fora vítima de uma doença quando Laurent tinha uns dez anos. Ele tinha uma irmã mais velha, Edith, e com a morte dos pais os dois haviam sido criados pela tia Léonora, que custeara seus estudos. Sempre que ia a Paris, Laurent se hospedava em casa dessa tia, no Quartier Latin. Ethel imaginava Laurent rapaz, vivendo sozinho em Londres sem uma família de verdade, e imaginava que ele teria podido ser seu irmão, um irmão que ela admiraria e ampararia; ele teria contado sua vida a ela e ela teria partilhado sua solidão.

Para ela isso também era um modo de escapar de seus pais, da tensão entre os dois, que se tornava cada vez maior, de seus desentendimentos, de sua guerra subterrânea.

Ela ainda era pequena e as coisas já não iam muito bem entre Justine e Alexandre. Um dia, após uma das brigas do casal, Ethel os havia encarado com os olhos cheios de lágrimas e gritara para eles: "Por que vocês não me deram um irmãozinho ou uma irmãzinha? Com quem vou falar, quando vocês ficarem velhos?". Bem que ela se lembrava da expressão envergonhada no rosto deles. Depois eles não haviam mais pensado no assunto e tudo continuara como antes e ela nunca mais repetiu aquilo.

Houve uma mudança de tom. Ou foi Ethel que de súbito, na adolescência, se tornou mais atenta ao que era falado no salão dos Brun? Dir-se-ia haver agora um endurecimento, um azedume. Alexandre sempre cultivara uma esperançosa mania, a da revolução anarquista, da Grande Noite em que Paris seria posta a fogo e sangue, em que se enforcariam burgueses e proprietários nos postes das esquinas. Pelas lembranças mais remotas de Ethel, aquilo era inclusive um tema de troça na família. Quando ele se entediava ou depois de uma briga com Justine, Alexandre ia bater na porta do quarto da filha: "Arrume suas coisas que vem aí a Grande Noite e amanhã nós vamos para o campo". Ela tentava resistir: "Mas e a escola, papai?". E ele, peremptório: "Não quero estar em Paris na hora em que tudo estiver pegando fogo". Eles iam sempre para o mesmo lugar, uma casinha de campo que Alexandre alugava por ano, ao lado da floresta, em La Ferté-Alais. Era lá que ele ia ver os aviões voarem. Com a ajuda de um marceneiro local chamado Bijart, construíra no jardim da casa a maquete de um dirigível com asas que, dizia ele, tornaria definitivamente obsoleto o mais-pesado-que-o-ar. "Pura bobagem", resmungara monsieur Soliman no dia em que Ethel lhe falou dos planos do pai. "É nisso que ele gasta o tempo dele, em vez de trabalhar." Ethel nunca mais tocou no assunto. Mas bem que gostava de ir ao campo de aviação, de mãos dadas com o pai, e de andar na lama no meio daquelas máquinas estranhas de asas altas e hélices imóveis. Sabia o nome de todas, Latécoère, Breguet, Hotchkiss, Paleron, Voisin, Humber, Ryan, Farman. Um dia, sempre com o pai, viu o Caudron-Renault pilotado por Hélène Boucher.[1] Foi alguns meses antes da morte dela, em junho ou julho de 1934. Um avião que a menina achou gigantesco, com focinho de tubarão, asas curtas e uma única hélice de alumínio. Ethel sonhou encontrar Hélène, fazer o que ela fizera. Alexandre sorriu. "Prometo que um dia nós vamos a Orly vê-la voar." Só que nunca foram, talvez por falta de tempo.

Sentia-se uma espécie de afobação, como se todos estivessem com pressa de acabar com aquilo. Mas acabar com o quê? Ethel ouvia os adultos falando, remoendo as próprias ideias. Isso acontecia depois das refeições, quando a empregada Ida

1 Famosa aviadora francesa (1908-34), que bateu vários recordes e, em 1931, voou sozinha de Paris a Ramadi, no Iraque. [N.T.]

acabava de tirar a mesa. Alexandre organizava o debate à maneira de uma peça de teatro. De um lado os naturais das ilhas Maurício e Reunião, de outro os que lhes eram estranhos, os parisienses ou assimilados. O que mais se discutia era a atualidade, mas logo em seguida a conversa ultrapassava os limites, era um confronto de personalidades, de ideologias, de profissões de fé. Ethel gostaria de anotar tudo aquilo, tanto lhe parecia insensato e ridículo.

> – Kerenski já entendeu, já disse, mas ninguém lhe dá ouvidos. Ele sabe do que fala, pois estava lá desde o início, quando os bolcheviques tomaram o poder.
>
> – A revolução era inevitável. Mas só Kerenski, no caso, podia fazer alguma coisa, domar a fera. Era o Mirabeau deles.
>
> – De fato, mas nós sabemos o que acontece com os Mirabeau.
>
> – Evidentemente todos o abandonaram, todos lavam as mãos, como em Locarno.

Seguiam-se momentos de algazarra, com todo mundo gritando ao mesmo tempo. Depois, densos silêncios. Ethel olhava para a mãe, que procurava um meio de retomar a conversa em tom mais neutro, lançando iscas: "... Já eu, o que mais me preocupa é o presente, o custo de vida, os aumentos". Imediatamente Talon a contradizia: "Os aumentos, madame, não são nada inquietantes, são um bom indicador econômico. O que deve preocupá-la, na verdade, é a deflação, a baixa do custo de vida. Se por acaso houver na sua cesta, quando a senhora vai às compras, mais frutas e legumes e carne pelo mesmo preço de antes, não é o momento de alegrar-se, mas de se alarmar".

A essa altura o coronel Rouart, a generala Lemercier e os demais retomavam as reclamações. Uns diziam: "Tudo está aumentando". Outros lamentavam a flutuação do câmbio, os riscos de desvalorização, o desemprego. Tia Pauline, num momento de calma, insistia: "Então está na hora de comprar. Dizem que na Côte d'Azur os palacetes dos bairros nobres, perto da estação, estão sendo vendidos por uma ninharia". Justine: "Ah, sim, na Côte d'Azur! Você viu a caricatura em *Aux Écoutes*? Um jornalista pergunta a um hoteleiro: 'Como está a temporada?'. E o hoteleiro responde: 'Nada boa. Mas o que se há de fazer, se todos os nossos hóspedes habituais estão na cadeia?'". Isso porém não suscitava um sorriso sequer. Foi mais ou menos nessa época que Ethel ouviu alguém pronunciar o nome de Hitler. No começo diziam Adolf Hitler, assim como diziam Aristide Briand[2] ou Pierre Laval.[3] Às vezes Chemin chegava a dizer, ela observara, o chanceler, ou o chefe do Estado alemão. Depois, pouco a pouco, sem dúvida

2 Político francês (1862-1932), várias vezes ministro e presidente do Conselho de Estado, que se empenhou pela reconciliação com a Alemanha. Prêmio Nobel da Paz em 1926. [N.T.]

3 Político francês (1883-1945), duas vezes presidente do Conselho de Estado, que procurou na deflação uma solução para a crise financeira da época. Durante a Segunda Guerra Mundial, colaborou com os alemães e em 1945, ao terminar o conflito, foi condenado à morte e executado por isso. [N.T.]

à medida que ele se instalava no poder e se tornava uma figura mundialmente conhecida, passaram a dizer simplesmente Hitler. De vez em quando ela ouvia Chemin, ou o coronel Rouart, ou a esposa dele, mulherona de traços angulosos e chapéu de véu a quem chamavam coronela, dizer "o Führer", que ela pronunciava um pouco como *fureur*, e Ethel se perguntava se a palavra, em alemão, teria o mesmo sentido.

"Hitler disse..." "Hitler fez..." Uma noite, Justine ligou o rádio no salão e aquela voz tão estranha fez-se ouvir num discurso, timbre agudo e meio rouca, voz abafada por instantes pelo barulho dos aplausos ou a chiadeira, difícil de distinguir. Quando Ethel parou para escutar, sua mãe disse: "É o Hitler". E acrescentara, fazendo Alexandre dar uma risada: "Tenho horror dessa voz, que me dá arrepios...". Uma voz como outra qualquer, pensou Ethel, que chegou mesmo a achar que aquela voz guardava estranha semelhança com a de Chemin.

Mais tarde, quando tudo já tiver soçobrado, Ethel tentará recordar-se daquelas tardes de domingo no salão de seus pais, e o silêncio do presente dará mais realce ao barulho das reuniões, às exclamações das tias, a suas risadas, ao tilintar das colherinhas nas xícaras de café e até aos "momentos musicais" que Alexandre instituiu e que serviam para ornamentar as conversas. As sonatas de Schubert, as peças de Grieg, de Massenet, de Rimski-Korsakov. Ethel aguardava com impaciência esses parênteses, em que se punha ao piano e tocava para acompanhar o pai à flauta ou cantando. Alexandre Brun tinha uma bela voz de barítono e, quando cantava, seu sotaque mauriciano se esfumava, fundido à música, e ela podia imaginar aquela ilha das origens, o balançar das palmeiras nos ventos alísios, o estrondo do mar contra os recifes, o canto dos martins-pescadores e o gemido das rolinhas na beira dos canaviais. A catedral submersa tornava-se um navio afundado ao largo, talvez na baía do Tombeau, e o sino que se ouvia era o do tombadilho onde um marinheiro fantasma anunciava o revezamento dos turnos. Durante a infância de Ethel, a bela Maude fizera uma exibição entre duas peças cantadas, envergando um vestido deslumbrante, azul-petróleo ou negro como a noite, com argolas de ouro nas orelhas e aureolada por sua opulenta cabeleira ruiva que ocultava, ao que diziam, pequenas pinças para esticar a pele das têmporas. Tinha uma voz bonita quando cantava árias da *Ifigênia* ou da *Aída*, mas sua carreira já entrara em declínio; agora só se apresentava no interior e, para sobreviver, trabalhava em ateliês de figurinos para teatro. Muito cedo Ethel compreendera o lugar que ela ocupara na vida do pai. Uma história que remontava à época anterior ao seu nascimento, mas cujas consequências ainda perduravam. Houvera grandes marolas e até mesmo tempestades, e a nau do casamento de seus pais estivera várias vezes para ir a pique. Mas depois o tempo recobrira tudo de óleo e apenas algumas perturbações passageiras podiam vir ainda agitar aquela superfície serena. Maude ficara anos desaparecida. Ethel ouvira falar de sua aventura com um banqueiro, de sua viagem. Quando ela entrara no salão dos Brun sem se fazer anunciar, houvera um momento de estupor. Ethel, com o coração disparado, esperava pela voz alta e fina de Maude, muito embora esta, nas notas mais altas, cometesse deslizes ou derrapasse de vez. Alexandre Brun, por uma espécie de acordo tácito, jamais cantara em público com ela.

À noite, Ethel anotava febrilmente nas páginas de sua agenda a transcrição dos diálogos, como se fossem frases da maior importância que era preciso não esquecer:

CONVERSAS DE SALÃO

– O inimigo, não convém se enganar de inimigo, está aqui, no interior, dentro de nossas paredes.

– O inimigo do interior, velho refrão da direita nacionalista. (*Risos.*)

– Riam, podem rir à vontade, dentro de alguns anos vocês vão ver o que é bom, quando lhes acontecer o que aconteceu na Rússia, quando forem charreteiros em Londres ou governantas das mocinhas da Austrália!

– A Austrália é uma boa ideia (*Pauline*). É o único país novo onde só nos pedem para ser quem somos.

– O Canadá, a neve, a floresta, isso é que me faz sonhar (*mamãe*).

– Muito frio para mim (*papai*).

– Por que não voltar para Maurício?

– Nem pensar! Depois de Paris...

– Paris, a cidade das ilusões (*Chemin*).

– Dos charlatães (*papai*).

– Mas o inimigo, bom, vocês entendem, ele faz paradas debaixo das nossas janelas, organiza greves até nos grandes estabelecimentos, na Samaritaine, nas Galeries Lafayette. Torpedear, sabotar e arruinar é a palavra de ordem de Moscou.

– Você está pondo o carro adiante dos bois, meu caro. Esqueceu-se de que tudo se passa em escala mundial. Começou com a libra, em 1931, e agora o dólar perdeu 41 por cento em poucas horas.

– Pois é, os americanos, mas você sabe que eles fazem o que bem entendem com o dólar deles. Quando convém, desvalorizam! (*Talon.*)

– Sempre essa história de finanças! (*Pauline.*) Até parece que estamos em casa de banqueiros. Será que é totalmente impossível falarmos de outra coisa?

– Claro que é possível! (*Generala Lemercier.*) Eu e o coronel conversamos sobre carros; ele só se interessa por carros: Peugeot 402, Mathis, Licorne 11 CV ou Viva Six?

– Gosto muito do Ford V8, que é um carro possante (*papai*).

– Possante é, mas custa caro, e ninguém sabe se no ano que vem ainda teremos petróleo (*mamãe*). Nós aliás já instalamos uma caldeira de ar quente a pressão que funciona com qualquer combustível. Se faltar petróleo, queima-se o lixo.

– Que horror! (*Generala Lemercier.*) Imagine o fedor!

– Não, não, que nada, fumaça não cheira (*Milou*).

– As economias também não.

– Seja como for, com a guerra que aí vem, não haverá mais nada para botar na sua caldeira.

– A guerra (*Pauline*); mas que mania de falar todo o tempo em guerra! Estou convencida de que a guerra é totalmente impossível, os alemães não se arriscariam a uma segunda derrota.

– Mas não são só os alemães (*Milou*); tem também a Itália, a Espanha.

– O Japão já começou na China, vocês viram o que eles estão fazendo em Xangai?

– É, mas são os interesses da Europa que eles querem minar, e já puseram mãos à obra.

– Mas por que é que você se interessa pelos amarelos? (*Generala Lemercier.*)

– Eu também não quero acreditar na guerra (*Chemin*). Tudo isso faz parte do complô dos comunas. Mussolini já disse e repetiu que nunca vai atacar a França pois já tem muito que fazer na Etiópia, e Hitler com os Sudetos; não, sabemos muito bem quem está querendo a guerra, basta ver a quem o crime compensa.

Era como um único dia, sempre o mesmo. Os ruídos da discussão engrossavam, ressoavam na grande sala, todos falavam ao mesmo tempo, Justine, Pauline e Milou com suas vozes musicais, Alexandre e os convidados, a generala Lemercier, o coronel Rouart, Maurel, a professora de piano Odile Séverine, e sempre o insuportável Claudius Talon, que desde o incidente no corredor evitava olhar para Ethel. Sistematicamente ela se punha no outro extremo da sala e, quando ele estava presente, ao lado de Laurent Feld. Ethel era grata ao rapaz por não participar da conversa. Ele se mantinha bem ereto em sua cadeira e de quando em quando ela espiava seu perfil, seu narizinho, seu queixo bem torneado e aquela cabeleira ruiva e anelada que lhe conferia um ar de moça e imprimia à sua pele uma vermelhidão intensa, como se ele estivesse comovido. Ele nunca respondia às provocações, limitando-se a franzir ligeiramente as sobrancelhas quando Talon, grande leitor de *L'Action Française*,[4] atacava os imigrantes, exigindo sua expulsão do território nacional ou a prisão dos refugiados espanhóis pela polícia e sua entrega imediata às forças franquistas.

Laurent Feld era o amigo de sempre. Aparecia regularmente, delicado e elegante, e era muito diferente dos outros jovens com os quais Ethel cruzava em Paris, sendo tão estrangeiro quanto estranho. Só uma vez ele tomou a palavra no salão. Talon, recorrendo às suas habituais lenga-lengas, atacava a Inglaterra: "Uma nação de traidores, de mercenários, de vendidos, são eles que impelem à guerra, e não se assustem se enviarem os franceses para a carnificina para garantir o triunfo de seus próprios negócios. Vocês sabem muito bem o que se diz, que nós na França temos blindados, enquanto eles, na City de Londres, têm cofres-fortes blindados!". O rosto claro de Laurent estava da cor de seu cabelo, como o clarão de um incêndio. Ele fervia de indignação. "O senhor não sabe o que diz, sua posição é inaceitável, é uma ignomínia, eu lhe garanto que a Inglaterra é o nosso único aliado, a Inglaterra jamais abandonará a França!" O tumulto tornou-se indescritível. Ambos

4 Jornal que sucedeu em 1908 a uma revista de igual nome e era porta-voz do movimento nacionalista francês. [N.T.]

se manifestavam ao mesmo tempo e a voz áspera de Talon, sobrepondo-se à confusão e alteando-se nas sílabas finais, era uma voz de trapaceiro: "Nada disso, meu jovem, nada disso. Ou você é ingênuo ou parece se esquecer que...". Alexandre tragava seu cigarro, acachapado na poltrona, visivelmente à vontade no tumulto e se impondo com sua voz grave e meio arrastada: "Não vale a pena falar da Inglaterra. Vocês sabem que em Maurício temos sentimentos ambíguos sobre esse grande país...".

Talon, erguendo-se na ponta dos pés, prosseguia. Já não se dirigia a Laurent Feld; tomava todos os presentes por testemunhas: "Por acaso o senhor se esquece do papel detestável que a Inglaterra desempenhou na última guerra, recusando tropas quando o inimigo nos massacrava?". Tia Milou sempre estava de acordo quando alguém hostilizava a Inglaterra. Ela inclusive fundara em Paris uma associação de retrocessionistas para apoiar o partido que preconizava o retorno de Maurício à mãe-pátria.[5] "É preciso reconhecer, meu caro, que a política de Churchill não está nada clara, e a de Chamberlain menos ainda. E não se esqueça de que foi de Londres que o bolchevismo nos veio."

Talon: "É sempre aquela velha história, nós é que temos de tirar as castanhas quentes do fogo". Laurent Feld já não estava em condições de intervir. Levantou-se para sair, apesar

5 Descoberta pelos portugueses em 1507, a ilha Maurício, na parte ocidental do oceano Índico, foi dominada desde 1715 pela França, que a cedeu à Inglaterra em 1814. Só em 1968 tornou-se um país independente. [N.T.]

dos protestos de Alexandre. A Ethel ele disse, inclinando-se em sua direção, e foi a primeira vez em que ela se sentiu sair da infância, porque ele lhe falava como se fosse ela a única pessoa sensata: “Não dê ouvidos ao que eles dizem, senhorita. A Inglaterra é um grande país, nunca deixará de ser aliada da França, nunca aceitará o regime criminoso da Alemanha”. A algazarra perdia força. Nunca durava muito tempo. Ethel tomou Laurent pela mão e os dois saíram para respirar o ar do jardim. Nas xícaras, o chá fumegava, as colherinhas tilintavam contra a porcelana, o aroma das tortinhas de canela preparadas por Pauline misturava-se à fumaça dos cigarros e charutos no cômodo espaçoso e envidraçado. Mas tudo aquilo se resumia a um mero zum-zum. Não tinha a menor importância.

As coisas se precipitaram. Ao refletir mais tarde sobre a questão, Ethel se dará conta de que não percebera o que se armava. Como se engrenagens tivessem se engatado de estalo, um mecanismo foi posto em movimento, e não houve quem pudesse freá-lo. Tudo começou com a morte de monsieur Soliman no fim de 1934. Ethel se lembra do relato que lhe fizeram de seus últimos momentos. De noite, quando a empregada Ida preparou o jantar do velho, ele se queixou de fadiga e dor de cabeça. De manhã cedo ela o encontrou estirado na cama, metido em seu terno cinza-escuro, com os sapatos engraxados nos pés e a gravata em torno do pescoço magro. Estava tão elegante e calmo que Ida pensou que ainda estivesse dormindo. Mas quando tocou em sua mão, sentiu o frio da morte. A cerimônia fúnebre ocorreu três dias depois, na igreja de Saint-Philippe-du-Roule. Samuel Soliman não era grande praticante, mas sabia o que socialmente convinha. Sobre o mármore da lareira, deixara à vista um envelope contendo as instruções e o número do túmulo no cemitério de Montparnasse, bem como um cheque nominal ao padre para pagar as despesas da cerimônia.

Ethel recebera permissão para fazer-lhe uma última visita antes que a tampa do caixão fosse fechada. "Vá, você pode dar um beijo de despedida nele, ele gostava tanto de você!" A mãe a empurrava, mas ela resistia e empacou. Não queria. Por fim, virou-se e saiu apressada do aposento, escondendo o rosto. Posicionou-se no corredor, diante da mesinha coberta de pano preto na qual os visitantes deixavam os cartões de visita. Tudo aquilo parecia uma peça teatral mambembe. Mais tarde ela ouviria a mãe contar a cena, dizendo que Ethel estava muito emocionada para um último adeus. No entanto seus olhos nunca tinham estado mais secos.

Ela nunca contou a Xénia o ocorrido. A morte de Samuel Soliman não era nada, em comparação com a morte do conde Chavirov. Um dia ela ouviu certas pessoas narrando os últimos instantes da família Romanov, como eles tinham sido fuzilados num porão pelos comunistas. Mas estava segura de que Xénia não havia chorado, de que ela não choraria jamais. Havia algo duro que se encontrava em seus olhos azuis, algo duro e triste. Xénia era uma verdadeira heroína.

Não se passou muito tempo e Alexandre levou Ethel ao cartório para firmar um documento que o autorizava a dispor da herança da filha, menor de idade.

O tabelião Bondy era um ser caricatural, bonito e educadíssimo, com um extraordinário bigode pontudo no qual o olhar penetrante de Ethel distinguiu vestígios de tintura preta. Alexandre estava anormalmente nervoso, o que nele se traduzia por uma torrente de conversa fiada que ficava um pouco ridícula por seu sotaque crioulo. Ele nada explicara a Ethel, que, contudo, naquela noite ouvira murmúrios vindos do quarto dos pais, uma porta que batia e até mesmo, no silêncio da noite, uma coisa que parecia soluços. No dia seguinte, no café da manhã, quando as duas estavam sozinhas, Ethel olhara com insistência para o rosto da mãe, como quem pede uma explicação, mas Justine desviou o olhar. Estava pálida, com uma discreta ruga de amargor no canto dos lábios, e bonita como sempre. "Um rosto de estátua grega", dizia Alexandre à guisa de elogio.

O tabelião fizera Alexandre Brun sentar-se numa poltrona diante de sua escrivaninha, com Ethel um pouco para trás, numa cadeira. Ele mesmo permanecia de pé, empurrando na direção do interlocutor uma maçaroca de papéis, como que para se livrar da incumbência o mais depressa possível. "Tenho certeza de que seu pai a pôs a par, não é?" Curiosamente, ele se dirigia a Ethel olhando para Alexandre, e assim foi ele quem respondeu: "A bem dizer, não chegamos propriamente a discutir o assunto, mas tanto eu quanto a mãe achamos que convinha simplificar o processo e, tendo em vista a idade dela...". O tabelião Bondy prosseguiu, como se aquilo fosse evidente. "Está certo, mas mesmo assim é preciso..." Ele escolhia bem as palavras. E Alexandre se impacientava: "Minha filha...". Tendo pegado a mão de Ethel, tentava olhar para ela, mas a rigidez de seu pescoço – o colarinho duro que a gravata apertava – o impedia de virar-se. Ethel o via de perfil e admirava como sempre o contorno de seu nariz, seu bigode, sua barba, a massa dos cabelos bem pretos – ele não precisava de tintura para mascarar os fios grisalhos –, um perfil que tantas vezes ela já desenhara, como o de um mosqueteiro ou um pirata dos tempos de Surcouf.[6] "Não lhe falei, mas você sabe como o seu tio-avô gostava de você, sabe que para ele você era como uma neta. Ele sempre quis lhe deixar boa parte de seu patrimônio, um encargo muito grande para uma criança da sua idade..."

Depois Bondy deu início à leitura do documento. A linguagem era um pouco difícil de entender, principalmente porque o tabelião gaguejava muito, o que fez Ethel se lembrar de seu professor de história e geografia e da observação que uma colega de turma que se sentava a seu lado, Gisèle Hamelin, fizera sobre ele: "Quando Poujol abre a boca, os perdigotos voam". Ethel captou o sentido do documento, que dava a seu pai plenos poderes para administrar, gerir e vender o patrimônio dela, inclusive o de construir fosse o que fosse sobre o terreno e o de tomar os empréstimos necessários para a realização do projeto. Embora a fórmula não contivesse ambiguidades, Ethel se lembrará mais tarde de ter acreditado, naquele instante, que

6 Robert Surcouf (1773-1827), corsário francês que se notabilizou por contrapor-se em armas ao comércio britânico no oceano Índico. [N.T.]

o pai decidira continuar com a construção da Casa Malva, com o que sentira uma onda de felicidade.

O tabelião, ao concluir sua arenga, estendeu os papéis a Alexandre para que ele os relesse, rubricasse e assinasse, e em seguida os dois haviam mudado de assunto. Tratava-se de um empréstimo, de uns negócios no banco, talvez também da situação política internacional, mas Ethel não escutava. Estava impaciente para sair dali, da atmosfera sufocante daquele escritório entulhado de papéis, e se livrar da presença daquele homem e de seu bigode, de seus olhos pretos, de sua falação, de seus perdigotos. Tinha encontro marcado com Xénia diante do liceu, estava doida para ir contar à amiga o que ocorrera, para lhe dizer que em breve a Casa Malva haveria de erguer-se do chão, com seus janelões abertos para o jardim e seu espelho d'água para refletir o céu do outono. Haveria um quarto para ela, Xénia, que não teria mais de morar no apartamento térreo infecto e sem iluminação da Rue de Vaugirard, naquele "depósito" onde toda a família dormia no mesmo cômodo, sobre colchões.

Assim que se viu na rua, Ethel deu um beijo no pai. "Obrigada! Obrigada!" Ele a olhava em silêncio, com ar de desentendido, como se pensasse em outra coisa. Ia até Montparnasse, passar nos bancos e fazer um almoço de solteiro, como costumava dizer. Ethel correra até a Rue Marguerin sem parar nenhuma vez. Não completara quinze anos e acabava de perder tudo.

Conversas de salão
(continuação)

Uma tarde, ou bebeu escondida ou havia algo a atormentá-la, Justine deu um espetáculo. Maude estava presente, ruidosa e coquete como sempre, no centro das atenções, falando de operetas, concertos, projetos, como se ainda fosse uma atriz que ia partir em turnê e não a solteirona solitária e empobrecida que vivia, ao que diziam, no sótão de um prédio público na Rue Jacob, com meia dúzia de gatos. Laurent Feld sentara-se num pufe, um pouco para trás, ao lado de Ethel. Em tudo ali havia um ar teatral, pensou Ethel, uma vaidade, uma irrealidade irônica.

Morria gente na Eritreia, em Nanquim, na Espanha, os campos de refugiados perto de Perpignan transbordavam de mulheres e crianças à espera de uma palavra do governo que as retiraria daquelas cloacas, restituindo-lhes a liberdade. E ali, na Rue du Cotentin, no salão banhado pelo suave sol primaveril, o murmúrio das línguas tecia um ninho protetor, um porto, uma amnésia tranquila e sem consequências.

Justine anunciou: "'La coccinelle' (A joaninha), poema de Victor Hugo". Tia Willelmine estava ao piano, muito digna, como quem se prepara para tocar um hino. Justine tinha uma voz clara, meio aflautada, e uma dicção impecável; destacava cada sílaba, pronunciava todas as consoantes. Era a primeira vez que cantava aquela ária em público.

Ela me diz qualquer coisa,
Me atormenta – e eu vejo
Sob seu pescoço de neve
Um inseto cor-de-rosa! [7]

Ethel sentiu o rosto enrubescido, um ardor. Tinha os olhos fixos adiante de si, não olhava para ninguém. Agora o barulho das conversas no salão tinha parado. Era o que a menina mais detestava, aquele ar composto, de entendidos, um estilo precioso de precaução, uma mentira refinada que escondia os medos e os rancores.

Dir-se-ia concha, de imagem
Rosada com manchas negras.
Pra nos ver, as toutinegras
Se esticavam na folhagem! [8]

7 No original: *Ell-e me dit quelque cho-ose/ Me tourmente – et j'a-perçus/ Son cou de nei-ege et – des-sus/ Un pe-e-etit-t-insec-te ro-ose!* [N.T.]
8 No original: *On eût dit – un coquille-a-age/ Dos rose et taché de noir/ Les fauvet-tes pour nous voir –/ Se penchaient dans le feuille-a-age!* [N.T.]

Era longo, lento. Tia Willelmine trinava no piano ao final de cada estrofe, sem dúvida para imitar o concerto dos passarinhos nas árvores. As mulheres se abanavam, estava quente, abafado – e a generala Lemercier, de ar extasiado, fazia com a boca enrugada um ô circunflexo. Ethel sentia coceira nas costelas, nas axilas, provocada pelas gotas de suor. Olhava agora para Justine, sem pestanejar, agarrada a seu filete de voz para evitar um deslize. Subitamente percebeu o ridículo da situação: ela é que era a mãe, ali, acompanhando a filha como se aquilo fosse um concurso de fim de ano na escola. E o poeminha afetado, derretido, insensato, a cançoneta enfatuada e insípida, as palavras que soavam como um guizo agitado, brusco e áspero, como se estivesse no pescoço de um pônei adornado com pompons para as crianças brincarem.

Sua boca fresca me encantou.
Curvei-me então sobre a bela
E peguei a joaninha, mas o beijo voou!![9]

Ainda um trino e Justine retomou: "Mas o beijo voou!!", saudada pelos risos – a generala dignou-se a aplaudir, batendo com o leque fechado na palma da mão esquerda.

Por que terá sido ali, no decorrer daquela cena ridícula, que Ethel começou a odiar Maude de um ódio tão violento que fez seu coração disparar? Havia deixado de escutar, enquanto

9 No original: *Sa bou-che fraîche était là / Je me courbai – sur la be-el-le / Et je pris – la coc-ci-ne-elle-mais-le-bai-ser-s'en-vola!!* [N.T.]

Justine, encorajada pelo murmúrio da assistência, retomava a cantiga da bela, da joaninha e do beijo que voou.

> *... as bestas-feras são de Deus,*
> *as besteiradas são do homem!* [10]

O último verso, executado de forma brusca e trepidante por tia Willelmine, foi acompanhado pelos aplausos do público. Ethel já ia se levantando, com vontade de vomitar, quando Laurent Feld, que ouvira a canção sem se mover, passou-lhe um bilhete redigido às pressas. Ethel leu: "Que Deus nos proteja dessa loucura francesa!".

Ele estava muito sério, tamborilando com os dedos nos joelhos, mas Ethel viu uma ponta de ironia nos seus olhos azuis, e ela também logo voltou ao normal. Uma onda de intensa zombaria a percorreu.

> Talon: A situação anda incerta, ninguém parece se preocupar com isso, mas a quebradeira é uma ameaça e não é essa turma que está aí que há de impedi-la.
>
> Alexandre: Bem, você sempre exagera tudo; isso afinal já ficou lá para trás.
>
> Talon: É, é nisso que eles querem que acreditemos, os maiores interessados são os que aplicam na Bolsa, mas pense bem no que lhe digo...

10 No original: "... *les bê-tes-sont-t-au bon Dieu/ mais la bêtise est-t-à l'homme!*" [N.T.]

Tia Willelmine: Não me venham de novo com essa história de quebradeira!

Vozes de mulheres: É mesmo, vamos falar de outra coisa! Só de dinheiro não dá!

Chemin: Quando Blum[11] aparece, o ouro some!

– Já tinha sumido fazia muito tempo!

– Seja como for, muito tempo é que o front não aguenta.

Talon: Felizmente Hitler está varrendo os bolcheviques da Alemanha, mas aqui pode ser tarde demais.

Justine: Falem então desse tal Hilter (*vozes corrigem: Hitler, não Hilter.*) Dá no mesmo! Ele não me inspira confiança!

Chemin: Alguém leu o artigo do acadêmico Abel Bonnard em *Le Petit Journal*? Ele esteve com o chanceler em Berlim, que lhe disse o quanto lamenta ser visto na França como um ditador.

Alexandre: Só faltava essa! E ele é o quê?

Chemin: Um regime popular, meu caro, não pode existir com opressão! O próprio Hitler já disse, o povo está comigo porque sabe que estou cuidando de suas necessidades, que o que me interessa é sua alma.

Willelmine: Sua alma? Melhor falar da alma dos boches!

Chemin: Por certo, madame, grande e bela é a alma do povo alemão, não será uma musicista como a senhora que...

Willelmine: Oh, não misture as coisas! Mozart, Schubert e Hitler formam um trio que não combina! (*Risos.*)

11 Léon Blum (1872-1950), político socialista francês, que em 1936 constituiu um governo "de frente popular". [N.T.]

Talon: No entanto a senhora leu nos jornais, como eu também, a acolhida que ele teve quando da apresentação dos Mestres Cantores em Nuremberg. O chanceler foi ovacionado; em Paris isso não aconteceria, não estou inventando nada!

Chemin: É porque nós estamos em plena decadência: Debussy, Ravel *et cetera*.

Ethel deu um pulo, e está com lágrimas nos olhos. "Que absurdo! O senhor não entende nada, Ravel é um gênio, e Debussy..." Para manifestar seu apoio, Laurent aperta a mão dela.

Alexandre: Calma, calma, a música vale mais que as querelas, fiquemos na política, que é mais... suave! (*Risos.*)

Pauline: Enquanto isso, alguns vão tocando seus negócios. Vocês souberam da venda dos quadros que o chanceler devolveu para a Suíça por julgar degenerados? Quadros de Vlaminck por duzentos francos suíços!

Generala Lemercier: É mesmo, é que esse Hitler de vocês faz umas coisas meio... no fundo, tudo é bem parecido com os erros que o nosso governo de fantoches comete, não acham? Flores nas fábricas, férias pagas, um monte de pequenos agrados para a ralé!

Chemin: É preciso reconhecer que, com ele, o país mudou, tenho um amigo que esteve em Berlim recentemente, e ele diz que, depois da chegada do chanceler, a Alemanha se tornou asseada e agradável, há flores por toda parte, até nas fazendas e aldeias...

Milou: Vai querer que se acredite que se trata de um paraíso?

Talon: Bem, ele abriu praias no Báltico para um milhão de trabalhadores. É mais do que os socialistas fizeram, não é?

Pauline: O Báltico, que horror! (*Sotaque mauriciano*): Deve ser pior que a sua Bretanha! (*Risos.*)

Alexandre: Evidentemente, Rügen não é Nice. Para minha irmã, só existe a Riviera.

Milou: Esperem só o Führer mandar seus operários a Nice!

Chemin: Pois esperando ele emprega termos que Blum nunca ousou dizer a seus eleitores. Fala do progresso, da honra do trabalho que ele restituiu ao povo. Alguém é capaz de imaginar um político dizendo isso em nossa terra?

A generala: Bons motivos ele tem! Para ganhar mais, pede que trabalhem menos! Compra os votos do povo com férias pagas e férias à beira-mar!

Chemin: Ele ousa inclusive dizer coisas que os bolcheviques e os socialistas jamais disseram, que é preciso dar dignidade aos trabalhadores manuais, que para ele um operário especializado faz um trabalho cerebral, enquanto o do contador num banco é um trabalho maquinal.

A generala: E o senhor, que é contador, aprecia isso?

Chemin: Enfim, é preciso ir além do interesse pessoal, ver em grande escala, enxergar mais longe. Alguém aqui desejaria que eu negasse a verdade? Alinhar números não é superior em nada ao trabalho do operário que regula o motor de um carro, ou do artesão que fabrica um móvel de estilo.

Alexandre: Só faltava essa, o Chemin socialista!

Chemin: Não diga isso! Você sabe muito bem que detesto as mentiras dos socialistas, os crimes dos bolcheviques na Rússia! Mas é preciso inventar uma via nova; é isso o que diz Bonnard, leia o artigo dele!

Pauline: Uma via nova! E o senhor acredita nisso? Desculpe-me, mas o seu Hitler é um espertalhão que diz o que as pessoas querem ouvir, mas não vai fazer nada. Já imaginou um país onde os operários dão ordens aos patrões? Mesmo na Rússia isso jamais se fez! Veja o Stálin!

Alexandre: Psst, psst! Já estamos começando a falar outra vez de política!

Talon: Enquanto espera, a Alemanha se comporta melhor que a França; a Alemanha se reergueu.

A generala: O que não espanta, porque eles nada pagaram para reparar os estragos da guerra, o que aliás foi outro presente dos socialistas!

– Está vendo? A senhora é incorrigível.

Justine: Parece que na Alemanha criaram novas variedades de rosas, muito brancas.

–Você está brincando, minha querida! (*A generala.*) O que você decerto nunca soube é que em 1914 eles roubaram as nossas e batizaram a Merveille de Lyon de Frau não-sei-o-quê, Douski, Drouchi, copiaram todas de nós, nossa Malmaison, nossa Soleil d'Or, e puseram nelas uns nomes arrevesados que a pessoa só consegue pronunciar se der espirros!

Alexandre: Calma, gente! Até mesmo entre roseiras já se faz guerra agora?

Pauline: Ora essa, Alex, não seja ingênuo! Você bem sabe que não há nada inocente, nem sequer entre os floristas! Mais do que a rosa, tudo isso me cheira é a esperteza, você não acha?

Alexandre: Vamos então, minhas senhoras, abrir passagem para as rosas! Esta é a palavra de ordem!

Sempre a mesma algazarra. Palavras, risos, o tilintar das colherinhas nas xícaras de café. Sentada ao fundo da sala de jantar, Ethel olhava os convivas, um após outro, com curiosidade, quando o que experimentava tempos antes era um sentimento de segurança ou, melhor dizendo, certo entorpecimento ao ouvir suas vozes, no sotaque cantado de Maurício que sempre punha uma pitada de graça nos ditos mais violentos, tudo pontuado pelas exclamações, pelos "ayôs!" das tias e contido na bruma dos cigarros suaves – Justine conseguira proibir os mais fortes, que lhe davam tosse. Agora Ethel sentia-se tomada pela angústia e pela cólera. Levantando-se de sua cadeira, isolava-se na cozinha, onde a empregada Ida lavava a louça, e a ajudava a enxugar e guardar os pratos. No dia em que Justine lhe fez esta observação: "Você sabe que seu pai faz questão de você na sala, vive te procurando com os olhos", ela respondeu, com enfado: "Ah, sim, todo aquele falatório, aquela tagarelice! No salão do *Titanic*, quando o navio afundou, devia ser a mesma coisa!".

À medida que a nau familiar ia a pique, Ethel rememorava todos aqueles barulhos de vozes, aquelas conversas absurdas e inúteis, aquele ácido que acompanhava o fluxo das palavras como se da banalidade do que era dito, tarde após tarde, se desprendesse uma espécie de veneno que corroía tudo ao redor, os rostos, os corações e até mesmo o papel de parede do apartamento.

No mesmo caderno em que, na adolescência, anotava os repentes, os ditos espirituosos, as frases poéticas de Alexandre, os fantásticos ditos espirituosos das tias mauricianas, ela agora registrava raivosamente os ridículos, as calúnias, os trocadilhos de segunda, as imagens carregadas de ódio:

– Lutero, Rousseau, Kant, Fichte, os quatro *gagagelistas*.

– As famílias judias, protestantes, o Estado emperrado ou em mãos de imigrantes, o mundo maçônico.

– A lepra semita.

– O honesto cidadão francês explorado pelo banqueiro judeu cosmopolita.

– A cabala, o reino de Satã (Gouguenot des Mousseaux, aprovado por S.S. Pio IX).

– O judeu contraprodutivo (Proudhon).

– O judeu não é como nós: tem nariz torto, unhas quadradas, pés chatos e um braço menor que o outro (Drumont).

– E fede.

– Sua própria natureza o imuniza contra as doenças que nos matam.

– O cérebro dele é diferente do nosso.

– Para o judeu, a França é um país rentável. O judeu só acredita no dinheiro, seu paraíso está na terra (Maurras).

– Os judeus estão mancomunados com a quiromancia e a feitiçaria.

– Nossos grandes líderes políticos se chamam Jean Zay, aliás Isaïe Ézéchiel, e Léon Blum, aliás Karfunkelstein.

– Os colaboradores do jornal *L'Humanité* chamam-se Blum, Rosenfeld, Hermann, Moch, Zyromski, Weil-Reynal, Cohen Adria, Goldschild, Modiano, Oppenheim, Hirschowitz, Schwartzentruber (saúde!), Ilmre Gyomaï, Hausser.

– Os ingleses são mais bárbaros que os alemães, vejam o caso da Irlanda.

– Olier Mordrel já disse: não deixemos negrejar a Bretanha.

– E Hitler disse em Nuremberg: a França e a Alemanha têm mais razões para se admirarem do que para se odiarem.

– Ele avisou aos culpados: os judeus e os bolcheviques não serão esquecidos.

– Maurras escreveu em *L'Allée des philosophes*: o gênio semita, depois da Bíblia, se extinguiu. Hoje a República é um Estado sem ordem, no qual triunfam os quatro confederados: os judeus, os maçons, os protestantes e os imigrantes.

– Julius Streicher disse em Nuremberg: a única solução é a destruição física dos israelitas.

Após esses vagalhões violentos sobrevinha a calmaria, constatava Ethel, como se, terminado o ataque, restasse tão somente um dorido langor, uma lassidão envergonhada, que até mesmo a verve das tias custava um pouco a dissipar. Falava-se de moda, de automóveis, de esportes ou de cinema.

– O Peugeot 402, o Leve, vai derrubar todos os outros, o Renault, o Delage, o Talbot, o De Dion, o Panhard, o Hotchkiss e até o famoso Rolls-Royce!

– Vimos na vitrine, num revendedor Messine na avenida Wagram, é uma maravilha!

– Mas o preço! Vocês viram quanto custa?

– Com todas as desvalorizações, primeiro lá na América, depois aqui, neste verão!

– Os tais que têm férias pagas, com seus bonés na cabeça!

– Enfim, não deixa de ser um pouco normal que essas pobres pessoas também possam ver o mar! (*Justine*)

– Vocês já ouviram falar da última invenção, a radiovisão?

– Béatrice Bretty entrando na nossa casa para falar com a gente! E Sarah Bernhardt!

– É, sim, queridas, mas tudo em verde. Todas elas verdes como fantasminhas!

– Gosto mais de ir ao cinema. Vocês viram *A grande ilusão*?

– Nem pensar. Mais guerra ainda? Prefiro ver *O diabo a quatro*, com os irmãos Marx.

Era nesse ponto que a generala nunca deixava de comentar: "Pois eu só irei ao cinema quando ele estiver no ponto".

Quanto aos homens, esses formavam um pequeno círculo. Na ausência de Chemin, a atmosfera se distendia. Ethel preferia essa parte do salão, de onde ouvia o ronco dos motores de avião de que Alexandre gostava. Seu grande projeto de construir uma aeronave com asas e hélices. Será que ainda acreditava nele? Ethel se perguntava se seria ela a única a saber que a bancarrota estava cada vez mais perto. Olhava para o homem alto, sua pele de velho mauriciano que nem o inverno parisiense conseguira empalidecer, sua cabeleira negra e brilhante, sua barba aparada com apuro, suas mãos de artista, de dedos longos e nervosos.

– Tudo depende da hélice, é o que eu digo desde o início. A integral até que é boa, com ela foram batidos os primeiros recordes, Paulhan na Inglaterra, Morane, Chávez. Na época o motor era o Gnôme, de setenta cavalos e polimento duplo. Mas a minha preferida é a Ratmanoff. É uma hélice antiquada, concordo. Mas dá o máximo de potência atravancando o mínimo.

– Acha melhor então a de madeira?

– É claro. Conserta-se logo, e sobretudo é mais leve.

– Mas e Breguet?

– Ele trabalha para as Forças Armadas, é outra história. Para combates a hélice de aço é indispensável.

Ele fumava seus cigarros, o olhar azul-acinzentado perdido nas volutas. Ethel tinha por que detestá-lo, por causa de todo o mal que ele fizera, de suas mentiras, das traições à mãe, de suas fanfarronadas. Mas não conseguia distanciar-se, olhá-lo com frieza, como a um estranho.

Talvez agora, que ele estava à beira da ruína, a ponto de soçobrar, ela até se sentisse mais próxima dele que nunca. Vinha-lhe à memória o severo julgamento de monsieur Soliman sobre o marido da sobrinha: "É um fracassado, nunca fez nada de bom, a não ser você!". Como se tivesse sido um acaso, o fruto de uma miraculosa providência. Ele dizia para Ethel: "Você é meu talismã, minha boa estrelinha".

– Vocês conhecem o livro de Drzewiecki sobre as hélices aéreas? Pois é a minha bíblia!

O tema do mais pesado que o ar deixava os homens infinitamente falantes:

– Em caso de guerra, acreditem, os aviões é que vão fazer a diferença. Mas ninguém parece se dar conta disso na França!

– E os dirigíveis? Você não pode se esquecer dos dirigíveis! (*Alexandre.*)

– É, mas já se viu o que acontece com esses seus dirigíveis! (*Rouart.*)

– Um acidente! Com os aviões também, todos os dias cai algum.

– É verdade, mas eles são alvos mais difíceis!

– Ainda não extraímos as lições da guerra. Lembrem-se de que os efeitos dos bombardeios aéreos já estavam previstos há vinte anos, mas nem por isso nossos ministros da Guerra se comoveram!

– Eles tinham apostado tudo na linha de frente!

– Mas a linha vai muito bem, vocês não leram a reportagem de *L'Illustration*? Mesmo que os aviões de vocês passem por cima, é preciso que a infantaria avance por terra. Os soldados não são patos! (*A generala.*)

– Decerto, cara madame. Mas saiba que os nossos aviões poderiam levar quatro mil projéteis de aletas, sendo capazes de lançar em seis meses, à razão de cinco saídas por dia, mais de um milhão e seiscentos mil projéteis, o que daria, à razão de um por cento de alvos atingidos, quase vinte mil inimigos fora de combate! Se quiser a conta completa, basta multiplicar por cem aviões! (*Alexandre.*)

– Dois milhões de mortos em seis meses, isso dá o que pensar! A Força Aérea é a arma absoluta, como tanto já se repetiu. É tão poderosa que torna a guerra impossível (*Rouart*).

– É, mas na Espanha bem que ela serviu.

– Os famosos Potez que os socialistas entregaram ao exército dos vermelhos!

– Em Guernica!

– Aliás, por falar nisso, vocês viram o quadro de Picasso na exposição?

– Francamente! Que horror! (*Vozes femininas.*)

– Justamente, os bombardeios, que horror! Foi talvez isso o que ele quis dizer! (*Alguns risos.*)

A tensão recrudescia em ondas. Ethel, ao escutar esse concerto de exclamações e palavras, sentia sempre a mesma náusea na garganta. Era a única a ouvir sem dizer nada – devido à sua idade, sem dúvida. Para os outros, que já tinham vivido a maior parte da vida, as palavras se resumiam a ruído, ou vento. Nem chegavam a ter realidade concreta. Talvez servissem apenas para mascarar a vida.

– Enfim, o avião, os aeróstatos, não são apenas máquinas de guerra. Vocês leram o pequeno artigo de H.G. Wells intitulado "Antecipações"? (*Alexandre.*)

– Mas já faz tempo que ele morreu, não é?

– Foi antes da guerra. Ele previu que em menos de cem anos o avião substituirá o trem e o navio em todas as viagens longas.

– Viaje o senhor, se quiser! Quanto a mim, jamais porei os pés nesses seus charutos voadores! (*A generala.*)

– É verdade que o avião ainda não é isso tudo (*Justine*).

– A solução é o voo automático (*Alexandre*).

– Que horror! O senhor quer dizer um avião sem piloto?

– Não, quero dizer munido de um sistema que corrija automaticamente as instabilidades, os vácuos.

– Em todo caso, tem uma coisa em que seus aviões não fazem grande progresso, o das rotas celestes! Continuam voando meio às cegas!

– Ah, é, isso me lembra o caso Buc (*alguns risos*).

– Você ainda é muito nova para se lembrar. Como era mesmo que se chamava o tratante? Bugue?

– Burgue (*a generala*).

– Ah, é, Burgue, isso mesmo. Ele fundou uma sociedade universal para exigir que os aviões que passassem por cima de propriedades vizinhas ao aeródromo pagassem direitos. E com isso conseguiu enganar um monte de camponeses crédulos.

– Definiu a propriedade dos camponeses como um prisma cuja base era o terreno e cujos lados subiam para o céu!

– No fundo, será que ele estava errado? (*Justine.*) Vocês já imaginaram um dirigível estacionado permanentemente em cima da casa de vocês? E se por acaso ele cair no seu jardim, é seu?

– Bom, digamos que ele lhe deve uma garrafa de espumante! (*Risos.*)

– No fim Wells é que terá razão. Talvez não estejamos mais aqui para ver, mas eu lhes garanto que um dia os aviões e os dirigíveis serão tão numerosos no céu de Paris quanto os carros são hoje.

– Cada um terá o seu? Mas vai ser uma catástrofe!

– É, se a guerra não destruir tudo! (*Justine.*)

– Eu acredito que a paz virá do céu (*Talon*).

– Cuidado, meu caro, o céu pode ouvir! (*Alexandre.*)

– Puxa vida! Sempre a guerra! Será que não se pode falar de outra coisa? (*Aprovação das mulheres.*)

Era como se tivessem escondido tudo. Ethel sentia aquela vertigem, aquela dor. Uma tarde, ao voltar da escola, quando tinha mais ou menos dez anos. O salão estava anormalmente vazio e silencioso. Na penumbra, com as cortinas de veludo puxadas, ela distinguiu a grande poltrona na qual seu pai se instalava para ler o jornal e cochilar depois das refeições. Uma forma sombria, envergando um amplo paletó cinzento. Um chapéu de feltro, mole e também cinzento, caído um pouco para a frente, como se quem o usava estivesse dormindo. Ethel avançou pé ante pé, sem dizer palavra. Sobre a grande poltrona incidia a luz pálida filtrada entre as cortinas. A silhueta adormecida não se mexia. Ethel prendia a respiração. Para andar com mais leveza, pôs a mochila no chão, com todo o cuidado, escorando-a contra o pé de uma cadeira para que não tombasse.

Por que não se ouvia nenhum ruído na casa? Ethel reconheceu o paletó cinza: era o de monsieur Soliman, que havia muito tempo ele não usava, desde que interrompera seus passeios no jardim do Luxembourg. Mas não era monsieur Soliman que estava na poltrona. Era uma figura magra, abatida, boiando na roupa grande demais. Quem então teria ousado? Ethel se aproximou, inclinada para a frente. De súbito, viu-o. Talvez o sol tivesse saído das nuvens para iluminar o rosto. Um rosto gris, terroso, marcado por rugas fundas, uma boca enorme, de lábios roxos, e um nariz monstruoso, comprido, torto, de narinas dilatadas. Sob o chapéu, o rosto olhava para ela com uma careta, com seus olhos vazios e suas pálpebras orladas de vermelho. Ethel lembrava-se de ter gritado, de ter corrido pelo corredor até seu quarto, sentindo os pelos das pernas e dos braços totalmente eriçados e um calafrio a lhe descer pelas costas. Seu coração batia tanto que parecia a ponto de explodir. Nos braços da mãe, sem conseguir recuperar o fôlego, ela havia chorado. Depois, um pouco mais tarde, ouviu a voz grave de seu pai respondendo às reprimendas, tentando acalmar Justine, e era uma voz que ela não conhecia, triste, cheia de culpa. Ethel pensou que preferia vê-lo zangado, quando ele gritava Senhor Jesus! com forte sotaque e prosseguia em dialeto crioulo, com suas expressões tão típicas, e foi então que ela entendeu o que se passava entre eles, o que tornava sua mãe triste e seu pai infeliz, a guerra que diariamente eles travavam por um sim, por um não, por nada.

Quando ela voltou para o salão, depois de ter se acalmado, a grande poltrona estava vazia, o paletó cinzento, o chapéu de feltro e os sapatos engraxados de monsieur Soliman já haviam sido guardados no armário, e sobretudo a máscara, a horrível cabeça cortada de olhos reduzidos a dois buracos negros, desaparecera para sempre.

Mais tarde ela procurara um nome para aquele intruso, aquele desconhecido. Quando ela mencionara o assunto a Alexandre, ele fizera de conta que não se lembrava. "Máscara de papelão moldado, você diz? Não, não sei..." Talvez se sentisse envergonhado, ou então realmente esquecera o incidente.

Mas só podia ser ele. Num dia de semana, não nos dias das reuniões de família. Na hora em que Ethel voltava da escola. Uma brincadeira preparada sem que Justine soubesse, e ele se escondera atrás da porta. Ao ver o resultado, seu ataque de choro, seu pavor, ele fora se refugiar no seu escritório, fizera de conta que não estava ouvindo. Talvez fosse uma fantasia para a *mi-carême*... Era ainda no tempo em que Chemin aparecia todos os dias, ou quase, em função dos negócios.. Teria sido ele? Não, ele jamais se permitiria.

Muito tempo depois, Ethel o ouviu. Falava no salão com Alexandre. O que dizia? Ethel não entendeu muito bem. Pronunciara um nome, e acrescentara: "Uma verdadeira cabeça de Shylock, lábios grossos, sobrancelhas espetadas, olhinhos muito juntos, testa enrugada, cabelo crespo, e o nariz... Que nariz! Um bico de ave de rapina, um enorme bico de abutre!". Ethel estremecera. Era de sua máscara que ele estava falando! Daquele homem de paletó cinzento sentado na poltrona, na penumbra do salão. Vermelha de raiva, saiu do salão sem pedir licença, sem olhar para ninguém. Acontecido muitos anos antes e ela ainda se aterrorizava. A máscara de pasta de papelão, contorcida numa careta, cinzenta como uma cabeça cortada, um pesadelo ímpar, e de repente ela entendeu o significado daquilo, o que ali se manifestava. Uma espécie de lufada de ódio e malefício que Chemin instalara na casa deles para destruí-la, a ela e a sua família.

Uma tarde, enquanto Alexandre cuidava dos negócios (as atividades no canteiro de obras da Rue de l'Armorique estavam começando) e Justine saíra para fazer compras, para visitar as tias, Ethel revirara a casa inteira, decidida a encontrar a cabeça de Shylock. Revistando meticulosamente cômodo após cômodo, o quarto da mãe, o escritório do pai, o aposento onde Ida às vezes passava os fins de semana, a despensa, a lavanderia, os armários. A única coisa que descobriu foi um revólver, escondido pela mãe no guarda-roupa sob uma pilha de lençóis ásperos.

Mais de uma hora a revistar todos os recantos, a esvaziar malas de vime, a explorar os velhos brinquedos de sua infância (seria possível que os adultos fossem insensíveis a ponto de ocultar um pesadelo entre objetos familiares?) – e nada.

Justine voltara um pouco mais cedo e encontrou Ethel ainda sentada no chão, no meio da desordem. Às suas perguntas, Ethel respondera com lágrimas, como no passado, agarrada à mãe. Quando a filha finalmente conseguiu se explicar, a mãe reagiu com um ardor que provava que não se esquecera de nada. "A máscara, a tal famosa máscara, eu mesma joguei no lixo logo depois. Não era uma brincadeira de criança, era uma coisa horrível, cruel, joguei fora no mesmo dia, não imaginei que pudesse ter feito tanto mal a você. Perdoe-nos, filhinha!"

Ethel chorou, sentiu-se aliviada. Mas com certeza era mera ilusão. A máscara ainda existia, tinha sido fabricada em série, e aqueles a quem fazia rir não tinham mudado. A máscara continuava a olhar com seus olhos vazios, na penumbra, coberta pelo chapéu molenga, indelével, inelutável.

Posteriormente, de fato, Ethel se deu conta de que nada havia sido esquecido. Ela era muito sensível, ponto. Era filha única numa família em guerra, numa casa ameaçada. Não tinha senso de humor, é o que Alexandre teria dito. Uma coisinha de nada a deixava fora de si.

II. A queda

Foi por Xénia que Ethel soube da notícia. Ultimamente elas se viam menos. Não havia um motivo especial para esse esfriamento da amizade. Um pouco de cansaço, sem dúvida, de parte a parte, e Ethel imaginara que era Xénia que estava cansada dela. As dificuldades da vida também tinham certo peso. Na volta às aulas, Xénia não apareceu. Ethel lhe escreveu uma carta, endereçada a 127 Rue de Vaugirard, que ficou sem resposta. O verão que precedera essa volta às aulas fora muito quente; Ethel descobrira na Bretanha os prazeres das aventuras em grupo, com as moças e os rapazes que passavam férias em Perros-Guirec. Os passeios de bicicleta, os banhos de mar até as nove da noite, a dança nos bailes públicos, os namoricos nas dunas, um moreno bonito de olhos verdes chamado Stephen, as partidas de cartas nos cafés à beira-mar. Houvera trocas de endereço, promessas de reencontro. De volta a Paris, Ethel reencontrara a sensação de peso atrás dos olhos, a impressão de não conseguir respirar direito. Os rompantes de Alexandre e Justine por um nada, uma bobagem, antes eram capazes de fazer seu coração disparar, como quando ela se jogava entre os pais, ainda criança, pedindo: "Papai, mamãe, parem, por favor!". Para se acalmar, tocava piano altíssimo, as peças mais barulhentas, o *Cake-Walk* de Debussy, mazurcas, ou então punha um disco na velha vitrola de som rouco. De Londres, Laurent Feld lhe trouxera discos desconhecidos na França, *Rhapsody in blue* de Gershwin, Dmitri Tiomkin, e também discos de Dizzy Gillespie, Count Basie, Eddie Condon, Bix Beiderbecke. Era sem dúvida a resposta de Laurent às queixas recorrentes dos convidados de Alexandre sobre os negros e imigrantes que invadiam a França, que iam transformar a Notre-Dame em sinagoga ou mesquita.

E um dia, pouco antes do Natal, Ethel encontrou Xénia na saída do liceu. A transformação deixou-a estupefata. Ela já era uma mulher, de tailleur azul-escuro, chapeuzinho na cabeça, sobrancelhas reforçadas a lápis e ruge nas maçãs do rosto; com seus belos cabelos louros amarrados em coque, desapareciam os cachos adoráveis, antes mesclados a fitas de seda. As duas andaram pelas ruas sem rumo certo, como antes. Em dado momento, Xénia lhe disse: "Agora não iremos mais ao jardim do seu tio-avô". Ethel olhou para ela sem compreender, e ela disse: "Ué, você não sabe? A construção já começou". Ethel sentiu voltar-lhe a lembrança, algo muito distante, no entanto acontecera havia não mais de dois anos. "Não, eu não sabia." Xénia encarou-a com dureza: "Seus pais não lhe disseram?

É um prédio que eles estão construindo, as obras começaram um pouco antes do verão". Então era por isso que Ethel sentira aquele sobressalto. As lembranças traziam consigo a má notícia. Como se o tempo tivesse amadurecido aquela traição, sem que ela soubesse, preparando o inelutável. Sentiu-se levemente ofuscada, no fundo admirada por não ficar surpresa com aquela traição. Uma piscada rápida e, com voz segura, respondeu a Xénia: "Quer dizer, estou a par, sim, é claro. Papai me falou quando assinei a procuração, é que simplesmente não tenho vontade de ir lá ver, entende?". Xénia disse: "Ah, sim, entendo". Seu olhar era frio. Por certo acreditava que era coisa de gente rica que ia ficar ainda mais rica, enquanto ela e os seus, na indigência em que viviam, se perguntavam como pagar as contas no fim de cada semana.

Separaram-se depois de uma volta pelo Luxembourg, como antes, para ver as crianças que brincavam com seus absurdos barcos a vela no lago estagnado. Fazia frio, as árvores tinham perdido todas as folhas. Xénia disse: "Bom, então... meu caminho é por ali".

Ethel também estava com pressa. "Preciso voltar correndo, tenho aula de piano." De repente Xénia se lembrou do que elas tanto haviam comentado na primavera do ano anterior. "Ah, você continua se preparando para o concurso?" No jardim da Rue de l'Armorique, sob o caramanchão, tinham pensado em fazer uma apresentação conjunta, Ethel ao piano, Xénia cantando. Como num espetáculo. Chegaram mesmo a ensaiar uma romança de Desbordes-Valmore, com música de Massenet. Tudo isso parecia muito distante, depois do verão, depois do rufar de tambores das conversas no salão da Rue du Contentin, das disputas familiares. E agora o imóvel que iria surgir das ruínas do sonho das duas, aquela traição. Beijaram-se rapidamente. Ethel notou o novo perfume de Xénia, ou melhor, corrigiu-se mentalmente, o cheiro de seu rosto, um pouco ácido, do pó de arroz em sua face, ou do xampu mentolado em seu cabelo. Um cheiro de pobre, um cheiro de aspereza, de necessidade de chegar lá. Foi o que ela pensou enquanto andava depressa pela Rue de Vaugirard, e, no próprio instante em que essa evidência lhe surgiu, confirmada pelo contato com o espartilho duro oculto sob a blusa de Xénia, sentiu os olhos se encherem de lágrimas, de vergonha ou despeito, em todo caso, lágrimas amargas.

Estava tão impaciente que nem tomou o ônibus para Montparnasse, foi andando a passos largos, ultrapassando as pessoas, evitando obstáculos, enfiando-se no meio do engarrafamento de carros, do mesmo modo que andava na Bretanha sobre os rochedos negros, na maré baixa, calculando cada pulo, cada passada, todos os sentidos em alerta. Não escutava as graçolas dos mensageiros que passavam nem as buzinas dos automobilistas irados.

Não sabia aonde ia. Parecia-lhe que meses e anos haviam se passado desde o dia em que abandonara a Casa Malva e o jardim da Rue de l'Armorique. Mentalmente calculava o tempo passado: outono, inverno. Sentada com Xénia sobre o banco carcomido para conversar. A parreira-brava vermelha no muro do fundo do jardim e o grande toldo de lona alcatroada que recolhia a chuva e as lesmas. Xénia muito pálida, o cabelo cinzento oculto por um lenço, como uma camponesa russa, e as palavras que escorriam com a chuva, as emoções, a conversa. A mão de Xénia na sua, miúda e fria. Um dia Xénia lhe dissera: "Você tem punhos de garoto, sabia?". "É o piano que desenvolve os punhos assim", Ethel respondera. Tinha um pouco de vergonha de suas mãos muito grandes. No inverno, o jardim muito frio, suas mãos ficavam vermelhas, da cor das mãos das lavadeiras. Era um tempo muito agradável, apesar do céu cinzento e da chuva. As grandes árvores plantadas outrora por monsieur Soliman pareciam protegê-las numa bruma verde. Aquilo durava horas. Na verdade era como se o tempo tivesse deixado de existir.

Ethel parara na entrada da rua. Tudo estava calmo e silencioso, como de costume. Monsieur Soliman a fizera observar o silêncio: "Não consigo compreender como este cantinho campestre sobreviveu em plena Paris". De noite, ele a fizera ouvir o rouxinol na paulównia.

"Quando você morar aqui", ele dissera, "vou acordá-la à noite para ouvi-lo cantar. Para isso é que haverá o pátio aberto com o laguinho. Vou plantar cerejeiras para eles; os passarinhos adoram..." O muro alto, de pedras cor de ferrugem, fazia uma barreira contínua até o extremo da rua. Depois vinham as oficinas, os depósitos. A via férrea passava a menos de cem metros, num fosso enfumaçado. Vez por outra se ouvia um rangido de agulhas acionadas nos trilhos. Monsieur Soliman gostava do barulho dos trens. Talvez por nostalgia das grandes viagens. E depois ele dizia que o entorno das gares era o antípoda da burguesia reinante, era o lugar privilegiado dos artistas e dos proscritos políticos. Contara que antes da guerra, antes da revolução, havia jogado xadrez num café perto da gare com um certo Ilitch, posteriormente mais conhecido pelo nome de Lênin.

Foi ao se aproximar que Ethel compreendeu. O café do outro lado oferecia uma fachada impassível. Como preparo para a noite do réveillon, o dono se limitara a decorar a vitrine com uma guirlanda de azevinho e um erro de concordância na inscrição: "Boas Festa".

No muro de pedras havia um rombo de uns dez metros. A portinha de madeira na lateral continuava lá, mas o caixilho, arriando com os golpes de marreta, bloqueara o batente. Uma espécie de sarça ou de madressilva pendia. No lugar do muro, um tabique servia de proteção. No alto do tabique, uma tabuleta exibia a licença de construção, mas Ethel não teve vontade de decifrá-la. Olhou por entre as tábuas. Um grande buraco negro ocupava a totalidade do jardim, até o fundo. A chuva enchera esse buraco de água barrenta, e aqui e ali aflorava uma rocha branca e porosa que parecia um osso. Ethel ficou ali um bom momento, cabeça apoiada na cerca. O grande buraco negro entrava nela, cavava um vazio no interior de seu corpo. Com um desespero infantil, ela tentou afastar um pouco as tábuas para espiar o fundo do jardim, lá onde ficava o toldo negro que cobria as pilastras e as placas de madeira da Casa Malva. Com certa frieza, pensou que o terreno posto a nu, livre de todo o mato, parecia pequeno, como se tivesse encolhido. Até as árvores haviam desaparecido. A única que sobrava, a paulównia que monsieur Soliman reservara para o rouxinol, parecia ter sido empurrada para perto do muro do fundo, encurvada, com as grandes folhas roídas pela ferrugem. Curiosamente, Ethel não sentiu raiva. Diante do desastre, simples e subitamente compreendeu o que se passara sem que ela soubesse. Os conciliábulos, as brigas entre seus pais, as portas batidas com violência, as vagas ameaças. Aquela ida ao cartório de Bondy, a procuração assinada. Será que havia mesmo alguma coisa que ela não tivesse percebido? Ou será que ela é que não quisera perceber ou escutar? Afloravam em sua memória fragmentos de frases, o nome de um arquiteto, Paul Painvain, as reclamações do vizinho Conard, mas também quanto a isso ela talvez tivesse achado que fosse a desforra contra seu tio-avô que prosseguia, o perigo que representava para todo o bairro uma construção em madeira "e, ainda por cima, com aparência das mais indígenas!". Tudo aquilo girava à sua volta, turbilhonava em seu espírito até causar mal-estar. Ela apoiou as costas nas tábuas. Perto do cruzamento, do outro lado da rua, o café decorado para o Natal parecia convidá-la, rebaixá-la. Sem refletir, Ethel se afastou do terreno. Com passos de autômato caminhou até o estabelecimento e empurrou a porta. Nunca tinha visto o interior do café, limitando-se a dar umas olhadas no seu escuro revestimento de madeira quando passava por ali com Xénia e respirava um cheiro de absinto ou de anis. Contando dar com o rosto vermelho do dono, sentiu-se quase aliviada ao ser atendida por uma mulher, nem mais feia nem mais vulgar que qualquer outra, que silenciosamente se aproximou de sua mesa. "Um grogue", pediu Ethel. A mulher hesitou um pouco. "Pode servir, estou acostumada", Ethel disse. Desde a morte de monsieur Soliman ela nunca mais bebera álcool. Era um segredinho dos dois, o dedo de rum diluído em água quente com limão e açúcar que ela mexia junto com ele, ouvindo a música ligeira que a colher executava. Depois acendeu um cigarro, do maço de Week-End da Virgínia que levava sempre na bolsa quando ia encontrar Xénia.

Durante semanas, depois daquele dia, durante meses, Ethel carregou no fundo de si aquele buraco. Era uma dor, um vazio. Às vezes a fazia perder o equilíbrio. Na rua, o chão subia na direção dela, ou então, no intervalo entre duas aulas, ela procurava uma parede contra a qual se apoiar, uma árvore, um pilar, fosse o que fosse. Certa manhã, na hora de levantar-se para ir para a escola, o assoalho de seu quarto oscilou para a esquerda, como o passadiço de um navio a ponto de naufragar. A mãe foi socorrê-la, depois o pai. Os dois telefonaram para o médico, doutor Guzman. "Não é nada, senhorita. É o que se chama de vertigem. Uma pequena falha mecânica no ouvido interno. Nada de grave em sua idade. Basta um pouco de repouso." O médico receitou gotas de láudano e Ida, a empregada, preparou chás de gengibre para elevar a pressão arterial. Depois tudo voltou à ordem, mas o buraco estava sempre ali. Várias noites Ethel sonhou que estava diante do túmulo do tio-avô. Estava em pé à beira da cova e, no fundo lamacento, via surgir o corpo dele, altíssimo, rosto muito pálido, mas com a barba e o cabelo longos e pretos, como quando ele tinha quarenta anos.

Em seguida, pouco a pouco, o equilíbrio se restabeleceu. Era o fim do inverno, as obras de construção do prédio tinham começado para valer. Com a mesma determinação que teria tido para impedir o projeto, de tudo ela quis saber, de tudo estar ciente. Foi sozinha ao escritório do arquiteto Painvain, no Boulevard du Montparnasse, onde pediu para ver as plantas. Sobre a grande folha de papel vegetal, examinou o desenho de um imóvel de seis andares, de grande banalidade. "Veja, senhorita." O arquiteto chamou sua atenção para os ornatos sob os suportes das sacadas e dos dois lados da portaria. Parecia estufar-se, como um pombo bem gordo a eriçar as penas do pescoço. "Seu pai achou que você gostaria de uma fachada um pouco mais, hã, fantasiosa, uma coisa mais jovem." Num papel à parte, anexado à planta, Painvain desenhara frisos decorativos e, por cima do lintel da porta de entrada, plantas que pareciam acantos enlaçando um rosto de mulher de perfil greco-romano – o perfil de Justine, evidentemente. Era grotesco. Com fria malevolência, Ethel disse: "Então o senhor acha que isso é fantasioso? Acha que é uma coisa jovem?". O homem olhava para ela com ar consternado. "Mas foi seu pai que..." Ethel interrompeu-o: "Não foi meu pai quem desenhou esses horrores. De todo modo, ornatos estão fora de cogitação. Fique sabendo que nós queremos uma fachada totalmente lisa". E saiu bruscamente, para ocultar a raiva que a invadia. A ideia de tentar inserir algo de belo naquela coisa que tomaria corpo no jardim da Rue de l'Armorique parecia-lhe insuportável, dava-lhe náusea.

Quase todos os dias ela ia ao escritório do arquiteto, ou à empreiteira Charpentiers-Réunis, ou ainda à Pica & Hetter, que se encarregava das obras de infraestrutura. Discutia os orçamentos, corrigia os erros, os exageros. Recusou o mosaico do hall de entrada, o ferro forjado da gaiola do elevador, os vitrais na escadaria, a bola de cristal do corrimão, as janelas em arco rebaixado, o estuque imitando mármore, os assoalhos de tacos em espinha de peixe, as portas internas trabalhadas, as lareiras com cariátides, as maçanetas de cobre, os cantos arredondados, as janelas oitavadas dos salões, os tetos emoldurados, os radiadores com recuperação de calor, as escadas de serviço, os puxadores de marfim, as caixas de correio em madeira nobre, o tapete vermelho na escadaria e até o nome que o arquiteto encontrara para dar ao conjunto, um nome precioso e pretensioso como ele, *A Tebaida*, ao qual Ethel reagiu com um sarcasmo: "Por que não *A Atlântida*, já que o senhor está tomando conta do assunto?". Em compensação, conseguiu que o cubículo da futura zeladora fosse aumentado e que nele se instalasse um aquecedor.

Depois se dedicou às contas. Reviu todos os orçamentos, recusou as paredes de tijolo maciço, determinou que fossem substituídos por blocos de pedra, recusou as divisórias de oito centímetros, mandando fazê-las com quinze, recusou o chapisco no emboço da fachada, preferindo-o liso, e sobretudo discutiu em pé de igualdade com a Charpentiers-Réunis e a

Pica & Hetter para baixar os custos de infraestrutura: a terraplanagem e a instalação da fossa e do encanamento para todos os andares. De tanto discutir, conseguiu reduzir o custo da obra, fora os acabamentos, para 857,14 francos o metro quadrado, o que totalizava, para os seis andares, 1 542 850 francos. Para os acabamentos e o elevador, era preciso acrescentar cerca de setenta mil francos. Uma vez combinado o preço, Ethel acompanhou o pai ao banco para obter um empréstimo por quinze anos, com um adiantamento de duzentos mil francos, o que resultava em anuidades de 99 mil francos para os cinco primeiros anos, de 96 mil a partir do sexto ano e de 88 570 a partir do décimo primeiro.

Fazia tudo isso num estado febril, numa espécie de impaciência, como se tivesse pressa de que o velho jardim de monsieur Soliman fosse apagado por aquela construção horrenda e cara que haveria de garantir-lhe uma renda, pelo que seu pai dizia, até o fim de seus dias e mesmo além.

Ela porém percebia claramente que as coisas não se passavam como ele tinha previsto; à medida que os meses transcorriam, as dificuldades se multiplicavam, o projeto estava com mau-olhado. As fundações não terminavam nunca. A todo instante chegavam relatórios sobre o subsolo instável, as galerias na rocha calcária, a elevação das águas, isso para não falar nas ameaças de monsieur Conard, cuja residência lindava com o terreno, e que se queixava de rachaduras, de ondas de impacto, de odores pestilentos, como se ali ocorressem explosões de minas ou perfurações de bolsões de gás inflamável. Por causa do vizinho, a licença foi suspensa várias vezes e quase chegou a ser cancelada. Os expedientes do arquiteto Painvain haviam dado um jeito provisório nas coisas, mas foi preciso distribuir propinas e copos de vinho e modificar as fundações. Em vez de cravar simples estacas, tornou-se necessário abrir furos na rocha calcária para neles verter pilares de concreto, e de semana em semana sua profundidade aumentava, indo de seis para doze e depois para dezoito metros. Grutas subterrâneas e talvez até antigos cemitérios já estavam sendo varados. Ethel imaginava esses espaços em profundidade, a imagem do tio-avô ressurgia, como se ele continuasse habitando aquele mundo de baixo, opondo-se à construção do prédio, à espoliação da sobrinha-neta, ao cancelamento de seu sonho indiano. No início das obras, quando fora pela primeira vez ao canteiro, Ethel perguntara ao mestre de obras da Charpentiers-Réunis: "O que aconteceu com o material que estava no fundo do terreno?". O homem se esforçara para entender e: "Ah, sim, a senhorita se refere àquele monte de tábuas velhas e podres? Foi tudo embora como entulho, não dava para aproveitar nada". Como Ethel reclamasse, querendo saber detalhes, ele deu de ombros: "Garanto-lhe, senhorita, que era impossível utilizar aquilo, estava tudo podre embaixo do toldo, podre e enferrujado; até as pedras estavam em mau estado". O protesto de Ethel fora meramente formal. No fundo ela estava pacificada com a ideia de que nada restaria da Casa Malva, absolutamente nada, nem mesmo um ornato de mau gosto para decorar a fachada de uma casinha de periferia.

Os almoços da Rue du Cotentin continuavam, mas sentia-se que o ambiente não era mais o mesmo. O rumor da catástrofe em curso se espalhara, apesar da discrição dos convivas. As revelações procediam decerto da família, das tias, dos sobrinhos, que haviam vivido na ilusão da prosperidade dos Brun e que começavam a perceber sinais inquietantes, estalidos, fissuras. Se outrora tia Pauline, tia Milou, tia Willelmine ou mesmo o parasita Talon, quando tinham necessidade de ser "ajudados" com cem ou mil francos se dirigiam a Justine, que intercedia junto ao marido, agora era obrigatório que todos fossem pedir diretamente a Alexandre, insistindo e argumentando para afinal ouvir uma recusa: "Realmente não é o momento; sinto muito, mas a situação está complicada, vamos ver se no mês que vem...". Economizava-se em tudo. Com as refeições, o vinho, as saídas e até com os cigarros. Nos almoços, agora, o mais comum era galinha ao caril com lentilhas, com pouca carne, poucas bebidas alcoólicas.

As conversas giravam em torno dos mesmos assuntos, mas percebia-se claramente que não havia mais a liberdade de antes. Ethel constatara que outrora as discussões mais acerbas, as assertivas mais exaltadas acabavam em risos. Tanto tia Pauline quanto tia Milou eram mauricianas legítimas que sabiam se alegrar e fazer chacota de tudo, que eram exímias na tarefa de esquivar-se do "assunto que incomoda". Agora seus repentes espirituosos já não arrancavam aquelas mesmas risadas. Quanto a Justine, tornara-se visivelmente taciturna. Antes mesmo de o café ser servido, sempre por Alexandre, que gostava de ter esse privilégio, ela se levantava da mesa e ia se trancar no quarto, alegando uma dor de cabeça, uma fraqueza, uma vertigem.

Ethel ficava na sala. Já não ocupava o lugar ao lado do pai; fora sentar-se bem no fundo do aposento, perto da janela – para melhor se eclipsar. Era o que dizia Alexandre, brincando. Ao mesmo tempo espiava-a com o rabo do olho. Depois de um rasgo, uma tirada, buscava sua aprovação, esperava por um sorriso. Ou às vezes não dizia nada, e era isso o que mais a perturbava. Parecia perdido num devaneio e seu olhar vazio se voltava para ela, um olhar flutuante, azul-acinzentado, um pouco triste. Ethel teria gostado de dizer alguma coisa para tranquilizá-lo.

Estava com dezoito anos. Não vivera nada, não conhecera nada, e no entanto era ela que sabia tudo, que compreendia tudo, enquanto Alexandre e Justine pareciam crianças. Pareciam adolescentes egoístas cheios de caprichos. Suas paixões, seus ciúmes, seus pequenos gestos mesquinhos e ridículos, os bilhetes enfiados por debaixo das portas, os subentendidos, as palavras amargas, rancorosas, as pequenas vinganças, os pequenos complôs.

Um dia, na saída do liceu – era o último ano, depois se abria o desconhecido, a liberdade –, as meninas falavam sobre casamento. Uma delas, bem bonitinha, chamada Florence, anunciara seu casamento próximo, descrevendo os preparativos, o vestido, o buquê, a aliança, sabe Deus o que mais. Ethel não pôde se impedir de zombar: "Isso aí, pelo que você nos conta, mais parece um leilão". Como um desafio, acrescentara: "Pois eu não vou me casar nunca. Para que serve o casamento?". Sabia que suas palavras seriam comentadas, passadas adiante, mas estava pouco ligando. "Rapazes não faltam por aí e não é preciso casar para viver com alguém." "E os filhos?". Quanto a isso, Ethel ficou contente por marcar um ponto: "Ah, então é por causa dos filhos que você vai se casar? Para depois ficar amarrada, com medo de que eles sejam tomados de você? Afinal quem faz os filhos? Que eu saiba, não são os homens!".

Já que o assunto era casamento, foi justamente nessa ocasião que a notícia caiu como uma bomba. Um pouco antes das férias, em junho. A temperatura estava muito agradável, nuvens brotando num céu suave. Ethel esperava uma carta da Inglaterra. Laurent Feld chegara ao fim do curso e viria encontrá-la para um passeio em Vincennes; depois partiriam para a Bretanha, ele queria alugar bicicletas em Quimper para fazer um grande circuito, dormindo em celeiros, visitando igrejinhas.

O que chegou foi uma carta de participação. Justine não a abrira, mas bastava vê-la, com caligrafia infantil, e antes mesmo de ler o conteúdo, Ethel foi comparar o envelope aos outros que Xénia lhe enviara. Era ela realmente que escrevera o endereço e a participação. Ethel reconheceu sua maneira de cortar os *tt* e de fazer o *A* maiúsculo em formato de estrela:

Para Mademoiselle Ethel Brun
Nesta.

Ela simplesmente se esmerara para causar boa impressão, e o pormenor ridículo fez muito mal a Ethel, como se não fosse suficiente ela estar participando seu noivado com um tal Daniel Donner e aqueles endereços cruzados, o dela na Rue de Vaugirard, o dele na Vila Solferino. Era uma delicadeza afetada.

Ethel deu de ombros. Nos dias seguintes, quis esquecer. O canteiro de obras da Rue de l'Armorique monopolizou sua atenção. Ia lá até três vezes por dia para ver as fundações enfim concluídas e os pedaços de parede que já estavam começando a brotar do chão. Apesar das greves, apesar das ameaças de revolução, fazia meses que as obras haviam sido retomadas em ritmo acelerado. Ethel sentia certa satisfação ao olhar para o muro da propriedade vizinha, de monsieur Conard, oculto por toldos, em luta contra a poeira. Vinham-lhe à memória as cartas de recriminação dirigidas a monsieur Soliman, acompanhadas de recibo. "Constatei que, das dez da manhã às três da tarde, suas árvores fazem sombra em minhas árvores frutíferas. Previno-o que dentro de oito dias..." Agora, cada batida no solo, cada ranger de vergalhão para a montagem do esqueleto, cada lufada de pó de cimento tornavam-se um meio de vingança que beliscava a carne friorenta e mole do inimigo de seu tio-avô, aquele que impedira a realização da Casa Malva. Era tarde demais, mas assim mesmo era uma vitória.

Pouco depois, tudo recomeçou. As vertigens, o vazio. De olhos abertos, Ethel ficava estendida na cama, sem tirar a roupa, sem ter jantado, a fitar o retângulo da janela, onde a luz do céu projetava os sarrafinhos da esquadria. Não sentia verdadeiramente tristeza, embora as lágrimas lhe escorressem pelo rosto e fossem molhar o travesseiro, como um excesso a transbordar. Ela dormia pensando que o buraco que a varava já estaria desfeito na manhã seguinte, mas ao despertar constatava que as bordas da ferida permaneciam tão afastadas quanto antes.

Era possível viver com aquilo, e nada era mais espantoso. Dava para ir e vir, fazer coisas, sair às compras, continuar com as aulas de piano, encontrar amigas, tomar chá com as tias, coser à máquina o vestido azul para o baile de fim de ano da Politécnica, falar sem parar, comer um pouco menos, beber álcool às escondidas (uma garrafa de uísque Knockando numa caixinha de madeira fechada por largas tiras de couro, presente secreto de Laurent), dava para ler os jornais e se interessar por política, escutar no rádio o discurso do chanceler alemão na Bückeberg, na Festa da Colheita, com sua voz que vibrava nos agudos, exaltada, patética, ridícula, perigosa, dizendo: "A liberdade transformou a Alemanha num belo jardim!".

Mas aquilo não preenchia o vazio, não fazia cicatrizar a ferida, não devolvia à alma a substância que lhe escapara, ano após ano, e que se dissipara no ar.

Justine bem que tentara alguma coisa. Uma noite entrou no quarto, sentou-se na beirada da cama. Já devia fazer anos que não procedia assim. Desde a infância de Ethel, depois das brigas violentas com Alexandre, quando os dois se falavam dura, asperamente, sem insultos, mas ele com raiva e ela com sarcasmo, e as palavras de ambos não eram menos cruéis nem feriam menos do que se tivessem trocado socos e jogado pelo ar louças e livros, tal como ocorria entre outros casais. Ethel permanecia hirta na poltrona, o coração batendo com muita força, as mãos trêmulas. Não conseguia dizer nada, apenas uma ou duas vezes gritara: “Chega!”. E Justine então entrara em seu quarto, sentara-se na cama, como nesta noite, sem dizer nada, e talvez no escuro tivesse chorado. Agora tudo estava acabado. Seus pais não brigavam mais, embora o vazio houvesse aumentado, cavando entre eles um fosso que nada podia aterrar. Xénia, por sua vez, traíra Ethel ao se afastar e ficar noiva de um rapaz que não valia nada, que não se comparava com ela.

Era preciso abandonar a infância, tornar-se adulta. Começar a viver. Para que tudo aquilo? Para não precisar mais fingir, enfim. Para ser alguém, tornar-se alguém. Para endurecer por dentro, para esquecer. Acabou se acalmando. Seus olhos secaram. Ela ouvia a respiração de Justine logo a seu lado, e o ritmo regular a fazia adormecer.

A queda começou sem que ninguém se desse realmente conta. Ethel, no entanto, estava à espreita. Sabia que aquilo podia acontecer. O próprio monsieur Soliman o tinha previsto, muito tempo antes. Algumas vezes, com meias palavras, falara mesmo a esse respeito. “Quando eu não estiver mais por aqui, você deve prestar muita atenção.” Ethel estava então com onze ou doze anos, como poderia entender? Dizia apenas: “O senhor sempre vai estar por aqui, vovô. Por que é que diz essas coisas?”. Era séria e até um pouco preocupada a expressão dele. “Eu gostaria muito que você não tivesse de se preocupar quanto a seu futuro, gostaria que não lhe faltasse nada." Já havia tomado a decisão, ia lavrar seu testamento e deixaria tudo para ela, o terreno, seu apartamento do Boulevard du Montparnasse, para assim ter certeza de que Ethel teria aquela segurança, acontecesse o que acontecesse. Monsieur Soliman não odiava seu quase genro; simplesmente não confiava nele. Aquele jeito de Alexandre Brun de jogar dinheiro fora, de alimentar sonhos vagos, por exemplo construir um modelo de aeróstato ou experimentar uma hélice, e sobretudo pelo talento que ele demonstrava para se pôr nas mãos de escroques, de capitães da indústria, de picaretas. "Seu pai lhe falou sobre o que ele faz, o projeto de um canal na América, as minas de ouro em Gourara-Touat, sobre tudo isso?" Mas, por não querer bancar o espião, logo em seguida ele se desculpava: "Ah, esqueça isso. Mesmo se ouvir falar a respeito, é melhor esquecer. São bobagens, você não tem que se meter".

A lista de todas essas bobagens bem poderia ser feita agora por Ethel. Nem havia necessidade de ela escutar por trás das portas. Nas conversas de salão, tudo voltava incessantemente à tona. A princípio como uma ladainha fantástica, com nomes de lugares, denominações de empresas e descrições detalhadas. Desenvolvimento do Tonquim, Diamantistas de Pretória, investimento imobiliário em São Paulo, Madeiras Nobres de Camarões e do Orenoco, construções portuárias em Port-Said, em Buenos Aires, na embocadura do Níger. Ela sentia vontade de fazer perguntas, não por interesse, mas por curiosidade.

Alexandre pronunciava esses nomes de maneira exaltada, como se eles fossem a chave de seus sonhos e carecessem de realidade. Acreditando estar no começo da aventura, acreditava nas promessas do progresso, da ciência, da prosperidade econômica. Achava que os franceses eram cautelosos demais, egoístas, inconsistentes. Lamentava que sua vida tivesse fracassado porque ele permanecera em Paris depois de concluir seus estudos. Mas não era Maurício que ele desejava reencontrar. A ilha o sufocara. Tal como monsieur Soliman, ele julgava "o país pequeno e as pessoas também". Para suas atividades, queria um cenário bem mais amplo. A América do Sul, os pampas. Ou então o Oeste americano, as florestas geladas do Grande Norte canadense. Seus heróis eram John Reed, Jack London, Stanley.[1] Mas não convinha falar-lhe de Charles de Foucauld.[2] "Um espião a serviço do Exército francês, um intrigante, um presunçoso." A generala Lemercier se insurgia, mas as tias mauricianas deixavam-no falar à vontade.

À espera do que estava por vir, Alexandre dera, emprestara e perdera dinheiro a rodo. Os negócios, os famosos investimentos, só haviam sido lucrativos, e como, para os escroques. Ethel poderia recitar a longa e fastidiosa lista de falsos amigos e conselheiros suspeitos que compareciam às reuniões da Rue du Cotentin. Além de levar caixas de charutos, conhaques, flores

1 John Rowlands Stanley (1841-1904), explorador e jornalista britânico, ativo por vários anos na África, onde a serviço de Leopoldo II, rei da Bélgica, criou o Congo Belga. [N.T.]

2 Explorador e missionário francês (1858-1916), ativo principalmente na Argélia. [N.T.]

para Justine, também levavam papéis para assinar. Os dossiês iam se empilhando, e cada um representava uma pequena fortuna. Sucedendo-se uns aos outros, os homens desapareceram. Beuret, Sellier, Pellet, Chalandon, Forestier, Cognard. Quando Ethel perguntava por algum deles, Alexandre ficava evasivo. "Hein? Ah, é mesmo, já faz um bom tempo que não o vejo." Quando Justine o pressionava, ele se aborrecia: "Puxa vida, você só sabe me acusar! Se faz tanta questão de gerenciar os negócios, posso lhe passar todos os documentos!".

Em relação a Chemin, ele andava de farol baixo. O escândalo viera à tona algum tempo antes. As operações de Chemin na Bolsa eram completamente fraudulentas, imaginárias. Os dossiês sobre as minas de Gourara-Touat na Argélia, sobre os campos petrolíferos de Sfax na Tunísia, sobre a estrada de ferro transaariana, tudo era falso. Formara-se inclusive uma associação das vítimas de Chemin, com o objetivo de levá-lo a julgamento e obter reparações. Justine insistira e esbravejara para que Alexandre se juntasse aos queixosos e, depois de inúmeras cenas, hesitações e destemperos baldados, ele acabara concordando em recorrer à Justiça.

Tudo isso o tornava infeliz. Ethel, uma vez em que ele lhe falou da história, claro que com meias-tintas, pois supostamente ela não estava a par, ficou estupefata ao compreender que o pai não estava triste por ter sido traído e lesado pelo amigo, mas porque este, doravante, não mais compareceria às reuniões de domingo. "Mas você não se dá conta, papai, do mal que ele nos fez? Por causa dele é que corremos o risco de ficar arruinados!"

Alexandre não se rendera aos argumentos.

"Arruinados? Você exagera, o pobre coitado vai perder muito mais que nós!" Em tom solene, depois de um instante de silêncio, acrescentou: "Corre o risco de ficar desonrado!". Ao que Ethel respondeu: "Desonrado? Você é que faz muitas honras a esse bandoleiro!". Alexandre fora se refugiar fumando no seu canto: "Não quero ouvir você falar desse jeito".

Finalmente o processo fora instaurado, depois do recesso do Judiciário e ao término de uma instrução que se arrastara por quase um ano. Muitas testemunhas foram ouvidas, mas Alexandre se negara a falar. Sob a pressão da família, mantivera sua assinatura entre as dos litigantes, mas solicitando apenas, dizia, uma condenação de princípio. Chemin compareceu em pessoa ao tribunal. Com voz emocionada, lera uma longa declaração na qual apresentava humildes desculpas a seus "caros amigos", insistindo na sinceridade de suas intenções e sem admitir outra culpa que não a de ter sido imprudente e "confiante na humanidade". Comprometeu-se a reparar os danos causados a cada um, "ainda que para isso eu tenha de sacrificar minha vida, minha família e minha felicidade pessoal". Com o canto do olho, Ethel vigiava o pai. O exórdio produzira efeito, pois naquele momento Alexandre tirou os óculos para enxugar pudicamente um marejamento. O veredicto foi proferido em meio a um tumulto generalizado, e o juiz teve de reler a sentença para deixar tudo claro: o senhor Jean-Philippe Chemin, domiciliado em Paris, na Rue d'Assas, estava condenado a seis meses de prisão com sursis, bem como a pagar uma indenização considerável para suas vítimas e a arcar com as custas. Estava arruinado, mas seu rosto não deixava transparecer desespero nem arrependimento excessivos. Na saída, Alexandre esperava por ele. Na barafunda, pegou-o pelas duas mãos: "Conte com meu apoio mais sincero, amigo!". Ethel contemplava a cena como se estivesse num bulevar. No momento seguinte, Chemin foi agarrado pela multidão, e outras vítimas se comprimiram para felicitá-lo e reconfortá-lo com sua amizade. "Depois de tudo que ele lhe fez!", disse Ethel. Sentia a raiva subir, uma raiva que asfixiava todo o amor e toda a compaixão que sentia pelo pai. Talvez ele merecesse, afinal de contas, o que lhe acontecera.

A decorrência lógica de tudo isso fora a bancarrota. Inacabada havia um ano, *A Tebaida* não encontrava comprador. Quanto a alugar os apartamentos, como previa o plano inicial, isso se tornara impossível. A moratória sobre os aumentos de aluguel fora promulgada naquele exato momento. Teria sido preciso alugar com prejuízo, com o risco de não se conseguir vender um imóvel ocupado. Alexandre deixara de deblaterar contra a Frente Popular, contra os grevistas, os manifestantes. Agora só reclamava da falta de sorte. O dinheiro do dote de sua esposa, a herança das propriedades mauricianas, tudo tinha virado pó, engolido pelo prédio e pelas malversações. Ethel descobria a extensão do rombo: monsieur Chemin não agira sozinho. Sob sua direção, dezenas de vendedores em domicílio haviam desfilado pelo salão da Rue du Cotentin. Ela se lembrava de tê-los entrevisto, uns senhores de terno preto, enchapelados de feltro, pareciam agentes funerários. Com suas pastas de couro, seus dossiês. Era vento que iam vender. Papel japonês, tabaco da Virgínia, estaleiros navais, perfuração de poços de petróleo, minas, aeródromos, borracha da Malásia, café do Brasil.

Naquele ano, em vez de se preparar para as provas de conclusão do secundário – ela fazia o curso clássico –, Ethel se dedicara a examinar atentamente os dossiês. Depois do processo de Chemin, Alexandre tinha renunciado a sua tática de negação. Não só deixava Ethel mexer nos seus arquivos, como também lhe aconselhara: "Cabe a você tomar conta das coisas, não estou mais em condições de julgar com clareza, o desânimo tomou conta de mim. Mas nós encontraremos uma porta de saída, você vai ver. Enfrentaremos tudo juntos, como uma verdadeira família". Etc.

Palavras que eram simples lenitivo, pensava Ethel. Voltando atrás no curso dessa história, ela percebia claramente que não havia porta de saída. As compras de ações, os empréstimos, tudo isso correspondia a nada. Os beneficiários se encontravam no outro extremo do mundo, em lugares imaginários. Os títulos, impressos num bonito papel – decerto japonês – ornamentado de volutas, de arrebiques, eram assinados pelos diretores das companhias e pareciam surgidos de outra época, tal como as ações das estradas de ferro russas ou do canal com eclusas do Panamá, de que as gavetas da cômoda de Justine estavam cheias. Alguns deles eram inesperados, e Ethel, ao vê-los, sentia-se tomada por uma espécie de devaneio, uma espécie de atordoamento.

Um dossiê volumoso, que não devia nada a Chemin, tinha este título: "Companhia de Prospecção do Tesouro de Klondike, Novas Descobertas, Ilha Maurício". Era uma história antiga. Não poucas vezes, sentada no colo de seu pai, Ethel ouvira o nome, Klondike. Era Klondike pra cá, Klondike pra lá. Mais ninguém se interessava pelo assunto, porém ela, de tanto ouvir Alexandre falar no assunto, com sua voz grave, seu sotaque, seus *tremolos*, cheio de entusiasmo, teve vontade de acreditar naquilo. Um dia lhe perguntara: "O que é Klondike?". Não conseguia pronunciar o nome direito, tropeçava na primeira sílaba: "Ki-lon-dike". Ele baixara a voz. Estava comovido. Falara do mistério que cercava o lugar. Na costa norte de Maurício, numa região solitária, batida pelas ondas, sob um vento incessante, a île aux Herbes, a île au Chat, a île d'Ambre. Um navio naufragado, um dos últimos corsários, nos tempos da paz de Amiens. A captura do tesouro de Aurang Zeb, rei de Golconda, o resgate que ele tivera de pagar por sua filha, ouro, muito ouro, uma montanha de ouro, pedras preciosas, rubis, topázios, esmeraldas. Era lá, no interior dos territórios, debaixo de montes de pedras de lava, no fundo de um deslizamento. Como se sabia disso? Ethel tivera de esperar a resposta. Ou talvez não tivesse ousado formular a questão. Havia aquela história de pêndulo, as mesas de Chevreul, a antena de Lecher. O corsário maldito tinha falado de além-túmulo. A sessão feita por Léonida uma noite, em Mapou. Quem era Léonida? Ethel a imaginara um pouco fada, um pouco feiticeira. Léonida B., dizia Alexandre. Como se até seu nome tivesse de permanecer secreto. Ela fazia as mesas girar, zombava Justine. Não, não era isso. Léonida escrevia o que lhe era ditado pelos espíritos. Ethel, esquadrinhando o dossiê, encontrou essa folha de papel, coberto com uma caligrafia indecifrável. A pena tropeçava no papel, deixando borrões. A letra era fina e enroscada, as palavras se ligavam umas às outras, algumas riscadas ou sublinhadas. Palavras incompreensíveis, ela pensou que fosse alemão, depois viu que não, talvez holandês. O pirata holandês, o último que havia cruzado ao largo de Maurício. *Oxmuldeeran, ananper, diesteehalmaarich, sarem, sarem*. Era ridículo, vergonhosamente absurdo, a coisa mais terrivelmente boba que ela já tinha visto, mas ao mesmo tempo, enquanto lia aquelas palavras, decifrando-as a custo, sentia um pequeno arrepio de horror ou de prazer, não largava o velho papel amarrotado sobre o qual se debruçava, sem poder se impedir de acreditar que ali estava a chave dos infortúnios da família, de sua má estrela, sua falta de sorte. Léonida, sentada à mesa, os dedos curvos pousados sobre a folha, os olhos convulsos, escrevendo, o vento do mar devia bater nas janelas fechadas, o vento que assoviava nos galhos do mapu, o vento que atirava o navio holandês contra os penhascos negros de Maurício, os montículos de pedras que assinalavam o lugar do tesouro maldito. E depois este nome, Klondike, as sílabas que a tinham maravilhado quando criança, aquelas palavras numa língua inventada que não queriam dizer nada, que falavam somente de fumaça, de fuligem, de miséria. Klondike, que não existia, que jamais tinha existido.

Não houve jeito, fora preciso vender. Justine não tinha o hábito de se queixar. Não dizia nada. Suspirava um pouco: "A vida é dura, Ethel". Dizia apenas: "A vida é um fardo muito pesado". O que haveria no fardo? Ethel sabia desde a infância, conhecia todas as pedras que faziam parte dele. Maude, o caso que nunca tinha acabado, uma espécie de brecha a separar Alexandre de Justine e que nada poderia reparar. Mas, enfim, eles haviam continuado juntos. As mentiras não se apagariam, nem as marcas dos golpes que eles haviam desferido um no outro, mas a jangada do casamento continuaria a... Ethel se surpreendera praguejando como Xénia. Merda! Merda e mais merda para a tal jangada, para aquela tolice toda, para os bons sentimentos. Eles já estavam velhos. Alexandre, muito abatido depois de um tombo no mosaico do corredor, dias e noites sem sair da cama, roncando, respirando com dificuldade, o rosto muito branco tomado pela barba como o rosto de um morto.

As traições. Os mais ou menos. O dinheiro jogado fora a mancheias. O dinheiro do dote, o dinheiro da venda dos engenhos de açúcar, Alma, Launay, Riche en Eau. Os nomes que Ethel ouvia desde a infância. Nos famosos dossiês, ela encontrara este desenho:

que a fizera rir, apesar da amargura. Alma, a legendária, nutrindo seus herdeiros ávidos e sem escrúpulos, enquanto o prato da balança mergulhava no déficit sob o peso de suas enormes flatulências: era a caricatura traçada com uma pena vingativa – tudo o que restava agora da fortuna familiar em Maurício!

O que havia sobrevivido daquela época? Todos arruinados, muitos haviam morrido na miséria. As velhas tias não possuíam nada. Milou, sobretudo, que não se casara, que passara toda a vida a depender da caridade do irmão e das irmãs. Com as outras era a mesma coisa. Também haviam perdido tudo, no jogo, no casamento, tinham se deixado extorquir com alegria, com apetite!

Foi um pouco antes do verão. Ethel haverá de se lembrar, reinava um langor anormal, a cidade parecia adormecida. Alexandre, já quase refeito do acidente, retomara suas saídas. Enchapelado, impecável no terno cinza com colete da época de seu esplendor, barba aparada com tesoura, cabelo preto bem penteado, ia a negócios.

"Mas o que ele espera? Encontrar um novo filão?", Ethel comentara. "Não fale assim. Seu pai está muito afetado por ter de vender tudo", respondera Justine. Mas Ethel não aceitara a resignação de Justine. "Estar afetado é bem o caso! E o que ele vai fazer? Com quem? E nós, o que será de nós? Para onde iremos? De que vamos viver?" Era mais forte do que ela. As perguntas lhe subiam pela garganta, ela as sentia em atropelo, bem no fundo do peito, como se fizessem pressão contra seu diafragma. A indolência de Paris antes de julho pesava-lhe, dava-lhe náusea. Aquele sol pálido como um comprimido de aspirina, o rio imundo. O céu que comprimia as têmporas como uma tampa. Em sua caderneta, anotara estes versos que são um esgar: "Jogar este comprimido no Sena, para livrar Paris de sua enxaqueca".

E Xénia, onde estaria? Havia meses que não dava notícias. O casamento com Daniel não se concretizara. Ela tinha certeza. A família do futuro hesitava. O filho do casal era um trunfo precioso que era preciso merecer. E teria ele vontade? Saberia a que ponto Xénia era única, magnífica, que ele jamais mereceria amarrar seus sapatos que fosse, quanto mais atrair-lhe o olhar cinza-azulado?

Sua cabeça rodava. Ela pegou Justine pela mão. "Vamos lá! Temos de ir! Não podemos ficar de braços cruzados! Temos de ir à luta!"

Sentia-se o próprio soldadinho que entra em combate, sem experiência, com todo o ardor e a confiança da juventude. Justine relutou, mas acabou por ceder, pôs seu chapéu de véu (o que ela usara no enterro de monsieur Soliman) e deu o braço à filha, mas era Ethel que a arrastava. Foram ao cartório do tabelião Bondy. Ao rever o cenário onde perdera sua herança, Ethel sentiu um ódio frio. Afinal o notário não era tão responsável quanto Alexandre?

"Madame, mademoiselle?" Sempre a mesma coisa, o ar de tédio, a pele de papel machê. Como Alexandre podia confiar nesse homem? Ethel não deu tempo à mãe de dizer uma palavra que fosse. "O senhor sabe a situação em que nos encontramos, não é? Sabe que meu pai perdeu tudo. Restam o apartamento onde moramos, o terreninho e o ateliê que alugamos a mademoiselle Decoux. Qual é a sua proposta?"

Bondy fingia consultar uns dossiês. Alisava o bigode tingido de ruivo, que se misturava com os pelos cinzentos que lhe saíam das narinas. "Você diz que seu papai perdeu tudo. Não foi isso que ele me disse. Ele está – nós estamos – negociando com um comprador importante, e posso lhe garantir..."

"Não, não. Não é isso que estou perguntando." O coração de Ethel batia acelerado, mas ela se esforçava para falar normalmente. "Não é de promessas que ele precisa. Precisa da certeza de que, uma vez tudo acertado, tudo pago, poderá continuar residindo no apartamento da Rue du Cotentin."

Monsieur Bondy ficou encurralado. Provavelmente nunca tinha tratado em sua carreira com uma garota de dezenove anos que vinha lhe pedir contas. Mas sentia-se realmente protegido pela lei, não havia cometido nenhuma malversação. O ato que tornava Alexandre detentor dos direitos sobre a herança de monsieur Soliman era perfeitamente legal. A realidade contudo estava ali: ele a lia claramente no rosto abatido de Justine, no olhar duro e brilhante de Ethel. A ruína, a angústia com o futuro, a doença de Alexandre, a incapacidade daquelas duas mulheres de encontrar uma saída. Fechou os dossiês. Talvez estivesse comovido, talvez sentisse vergonha.

– Vou ver o que é que posso fazer, mademoiselle Brun. Espero que não seja muito tarde para negociar com o banco. Mas não espere muito de mim. Posso dar conselhos a seu papai, mas não posso desfazer o que ele já fez.

– Mesmo que o estado de saúde dele não tenha permitido que ele tomasse a decisão correta?

O tabelião Bondy compreendeu antes de Justine.

– Sim, sim, sempre seria possível solicitar que seu pai fosse posto sob tutela, tendo em vista o que lhe aconteceu. Seria necessário um atestado médico que...

– Nunca! – Justine conteve o grito. – Nem pensar. Eu jamais aceitaria tal indignidade para ele.

As duas voltaram para casa. Agora Ethel já não dava o braço à mãe. Andava depressa, batendo os saltos na calçada. O Boulevard du Montparnasse estava cheio, ruidoso. Os terraços dos cafés já haviam sido invadidos por homens e mulheres que tomavam cerveja, automóveis e caminhonetes engarrafavam o cruzamento com a Avenue Maine. Ethel seguia em frente sem diminuir o passo, ouvia atrás de si o barulhinho um pouco lastimável da mãe com seus passinhos curtos, perdendo o fôlego, o véu colando no nariz a cada respirada. E esse mundo de gente, pensava. Todos indiferentes a tudo, cada um na sua bolha, na sua concha. Pessoas que flanavam, outras que faziam de conta que estavam muito ocupadas. Pessoas graves, mocinhas namoradeiras, artistas. A comédia do bulevar. Ninguém realmente preocupado com ninguém. Uma cidade onde a pessoa podia se perder; onde, caso perdesse alguém de vista, ou dele se afastasse correndo, como na ginástica do liceu, era muito provável que nunca mais o reencontrasse!

De repente ela pensou em Xénia. Sua imagem lhe voltou num estalo, como se tê-la afastado meses antes a tornasse ainda mais necessária. Xénia, em algum lugar de Paris, vivendo, de seu lado, a sua vida. A família Chavirov tinha se mudado sem deixar endereço. Ethel bem que pensara no ateliê de costura da Rue Geoffroy-Marie, mas não tivera coragem de voltar lá. Poderia ter recorrido a um ardil, esconder-se num café para espiar a passagem de Xénia ou de sua irmã Marina, mas a mera ideia do jeitão zombeteiro do proprietário do café ou dos olhares dos homens que iam em busca de mulheres naquele bairro de má fama encheu-a de horror. Xénia era sua amiga. Sua única amiga. A mais próxima, a que tivera mais influência em sua vida. Andando pela calçada atravancada, batendo forte com os saltos no cimento, indo em frente sem vacilar, era Xénia que ela imitava. Era Xénia que decidia. Que lutava para sobreviver. Xénia que era capaz de rir de tudo, zombar de todos, Xénia vinda de longe, que decidira que ia vencer na vida.

Era uma onda de felicidade, uma embriaguez. Ethel abrandou o passo, chegou a parar um instante na beira da calçada, como se procurasse seu caminho. Justine chegou, um pouco esbaforida, e se pendurou em seu braço. "Você está andando muito depressa para mim." Era leve, não pesava mais que um passarinho.

Ethel entendeu. Olhou para sua mãe. Falava com Xénia, do outro lado da cidade. Ninguém escolhe sua história. Ela lhe é dada sem que você a procure, e você não deve, não pode recusá-la.

Claro que tudo aquilo fora inútil. Como se o destino já estivesse tramado, o fio invisível que ligava Justine e Alexandre puxava-os para a desgraça, para o fundo do abismo. Mas no dia seguinte monsieur Bondy tinha telefonado. Conseguira suspender o leilão e um comprador se oferecia para assumir a dívida, tendo como garantia única o terreno e o imóvel inacabado. Alexandre mantinha em usufruto o apartamento da Rue du Cotentin e o ateliê da artista, era como apagar um pesadelo. Justine, à espera da volta do marido, tinha posto um vestido bonito, penteara-se, perfumara-se, empoara-se. Preparou chá, broinhas de milho, Ethel a ajudou a pôr a mesa. Havia um certo exagero, pensou Ethel, o regresso de Ulisses a Ítaca. Um tanto farsesco, apesar de tudo. Alexandre, estafado, chegou ao cair da tarde. Extenuado pelo calor lá fora, deixou-se cair na poltrona. Nem olhou para o bule. "Tudo acabado", disse. "Tudo dito. Não há mais dívidas. Vamos começar uma vida nova." Ethel olhava para a mãe. Justine ainda não tinha entendido. Fazia perguntas, o tom de sua voz subia num *crescendo*. A coisa tinha virado comédia. Uma ópera; ou melhor, uma opereta. Ethel imaginava a música, algo bem leve, um pouco falhado, um refrão. "Por quê? Por quê?" E a voz grave de Alexandre, seu sotaque mauriciano arrastado, seus "fazer o quê?" das conversas do salão: "Kipé fer?". Com o calor, seu rosto estava cor de barro. Desde o acidente ele não tingia mais a barba, fios brancos apareciam dos dois lados, nas bochechas.

Vida nova! Alexandre vendera tudo, inclusive o apartamento e o ateliê, para a empresa parisiense de transportes L'Urbaine, com sede na Rue Dutot, 29. Se tivesse podido, venderia também, por qualquer preço, os móveis, o piano e até o horroroso *José vendido por seus irmãos* de um suposto Flandrin. Era nisso que ele passara o dia, a apor sua assinatura, a gloriosa rubrica em que o prenome Alexandre se cercava de volutas, em todas aquelas papeladas que diziam sempre a mesma coisa: não havia mais nada, não restava mais nada, a não ser os olhos de Justine para chorar.

Ethel não se furtou a ironizar: a Companhia de Prospecção do Tesouro de Klondike comprada por uma empresa de táxis, devia haver uma moral nessa história! Alexandre não deu ouvidos aos gritos, aos protestos das duas. Num instante recuperara a soberba. Bigode em riste, olhos esfuziantes, enfrentava firme.

Depois foi se trancar no seu refúgio para fumar. Desde seu ataque, o tabaco lhe estava proibido, mas isso agora já não fazia sentido. Ele precisava do cigarro. A fumaça lhe servia de tela para mascarar o real. O tempo que lhe restava de vida já não tinha importância. Em breve seria necessário partir, ou morrer, uma coisa não era tão diferente da outra.

Ethel sabia que ele voltava para trás, para longe, para a ilha de sua infância, para o domínio maravilhoso de Alma, onde tudo parecia eterno. Nem ela nem Justine haviam conseguido ter acesso a esse sonho. Talvez fosse esse o segredo do tesouro de Klondike, um lugar onde ninguém mais podia entrar.

Le Pouldu

Ethel tinha a impressão de flutuar no céu, entregue ao prazer de olhar as nuvens. Deitada na areia das dunas, ela as via passar muito velozes, leves, livres. Imaginava a distância que tinham percorrido, a extensão dos oceanos, a vastidão das ondas, antes de chegar até ela. Não muito alto, elas deslizavam como bolotas brancas que às vezes se chocavam, se uniam, se dividiam. Algumas, loucas, corriam mais do que as outras, esfiapavam-se formando flocos de algodão, tufos de pelos de taráxaco, pendões de cana. A terra cedia embaixo delas num lento movimento que causava vertigem. Na praia, o rolar das ondas era um motor ligado que impelia a planura do mar e irresistivelmente revirava o mundo. Depois veio uma nuvem grande, branca e cinza, que se interpôs entre ela e o sol, e Ethel via uma baleia, cabeça enorme e cauda pequenina na extremidade do corpo. Ethel estava rodeada, envolvida, ternamente enlaçada pela areia da duna. Cada rajada de vento lhe fustigava o rosto, as pernas, os braços com milhões de picadinhas. Uma impressão a dominava, a de nunca ter saído daquele lugar, seu posto no alto da duna, da areia branca e seca que o mar nunca atinge, limite além do qual crescem as plantas espinhentas, os cardos, onde germinam as sementes vermelhas do tamariz.

O verão dos seus doze anos. A primeira vez que ela se apaixonara por um garoto cujo nome esqueceu, ele tinha quinze ou dezesseis anos e a deixara trêmula quando se aproximara e a beijara, forçando seus lábios com a ponta da língua. As nuvens passavam como hoje, ela sentia o calor, a queimadura que se abria e se fechava no céu, no interior de seu corpo. Uma coisa desconhecida, angustiante.

Com os jovens da turma, fazia planos: iriam de bicicleta pelos caminhos das fazendas, de aldeia em aldeia, de cidade em cidade, dormindo nas praias ou, quando chovesse, em celeiros. Eram os meninos e meninas das casas de veraneio da redondeza, em Le Pouldu, em Beg-Meil, e ela estava hospedada com seus pais na pensão de madame Liou. Naquele verão falara pela primeira vez com Laurent Feld, que estava com a tia e a irmã numa casa alugada à beira-mar. No começo, Ethel achou-o tímido, quase moroso. Corava à toa. Era o ano em que Ethel vivia sua grande amizade com Xénia, e Laurent era em tudo o oposto de Xénia, tinha dinheiro, era sério, sem risos, sem lágrimas.

Depois, pouco a pouco, ao sabor dos encontros, o amor nascera. Não era um grande amor, com rompantes e fúria, nada de dramático como o noivado de Xénia com Daniel Donner – aquela espécie de contrato inexplicado pelo qual a filha de um nobre russo, emigrada e reduzida à miséria, iria entregar-se a um rapaz gordo, desconfiado e taciturno que lhe garantiria a segurança e a respeitabilidade de uma família de industriais, bem como o conforto da burguesia de Rouen. Não, nada a ver com isso. Laurent Feld estava muito apaixonado por Ethel, a quem escrevia, desde o verão anterior, uma, às vezes duas cartas por semana, sempre com o mesmo e caprichoso sobrescrito no envelope de papel reforçado:

Mademoiselle Ethel Brun
30, rue du Cotentin, 30
*Paris, XVe*

E o selo com a efígie de Jorge VI, manchado pelo carimbo que invariavelmente dizia: *Charing X Station*.

Ela abria o envelope, aspirava o cheiro do papel um tanto ácido, cheiro de suor. Seu olhar corria pela escrita regular, pelas frases muito curtas em que Laurent falava de política, literatura, jazz, mas nunca dos seus sentimentos. Algumas vezes ela nem as lia. Contentava-se, depois de cheirar o papel, em dobrá-lo e enfiar a carta no envelope outra vez, para fingir que não tinha lido. Felicitava-se por amar menos do que era amada. Era o axioma de Xénia que lhe voltava ao espírito quando dizia: "O que eu quero é encontrar um homem que goste mais de mim que eu dele".

Agora Laurent estava ali. Tinha desembarcado do navio de Newhaven, no seu uniforme novo em folha do Exército britânico. O casquete, o capote, a calça cáqui, os sapatos pretos impecavelmente engraxados. Ethel reprimira um risinho zombeteiro, porque ele parecia aquilo que sempre fora, não um soldado, mas um advogado a caminho do escritório, na City, ainda mais rígido, o rosto avermelhado pelo ar marinho, nariz mais vermelho ainda, o cabelo cortado muito curto, a valise preta de couro na mão, o guarda-chuva fechado embaixo do braço.

Reservara um quarto na pensão em que ela estava e, em bicicletas alugadas na garagem Conan, haviam passeado por caminhos tortuosos e estreitos até a praia, cruzando as colinas, haviam comido pão tostado com toucinho na granja, crepes nos bistrôs, haviam mergulhado na maré alta e tirado o sal na água gelada do Laïta. Cheiravam a maresia, alga e lodo, tinham areia cinzenta nas sandálias e até nas roupas de baixo, os cabelos colados pelo sal. O nariz, as costas, as pernas, o dorso dos pés de Laurent estavam descascando; quando eles se deitavam na praia, Ethel se distraía tirando lascas de pele morta que lançava ao vento. À noite, estafados, desgrenhados, voltavam para a pensão, sentando-se Laurent por polidez à mesa dos Brun para ouvir os discursos de Alexandre enquanto Ethel ia direto para seu quartinho embaixo do telhado e se jogava na cama sem nem sequer tirar a roupa, adormecendo na mesma hora, sem escutar o vento que assobiava na ardósia.

Havia nela uma espécie de furor. Algo que vinha como um calafrio de febre, que ao mesmo tempo desagradava e exaltava, irreprimível, incompreensível. Evidentemente ela não podia falar disso com ninguém. Com Xénia talvez, se ela estivesse ali. Mas Xénia escarneceria dela: você teve uma vida muito fácil, com muito dinheiro, muito de tudo. Por isso é que não sabe o que quer. O mundo a gente pega ou perde, só depende de você. Etc.

Ou então ela não diria nada de nada. Xénia era de um egoísmo atroz, o que não lhe interessava não existia, pura e simplesmente.

Estaria o mundo atacado de uma verdadeira doença? Aquele calafrio, aquela náusea, aquilo vinha de muito longe, de tempos muito remotos. Agora, no verão das dunas, em Le Pouldu, esperando a hora de encontrar o namorado, Ethel podia contar todas as raízes, radículas, vênulas, todos os capilares do mal, como um tecido que tivesse recoberto sua vida inteira. Nada havia de imaginário nisso. Eram todas as pequenas traições, o silêncio cotidiano que se instalara nos corações, o vazio. As palavras às vezes muito duras, a violência dos sentimentos, quando a voz de Justine se erguia na noite, quebrando-se em soluços como os sons de um guizo, e a voz de Alexandre a responder-lhe, um borborigmo grave a inflar, a ralhar. Depois o barulho da porta que batia, o barulho dos sapatos que se afastavam pelo corredor, mais uma porta que batia, o barulho dos passos na rua, desaparecendo na noite. E Ethel a esperar, a esperar pela volta, adormecendo antes de ter percebido os passos discretos no corredor, a respiração sobrecarregada pelo sono, pela fumaça dos cigarros.

Todas as conversas do salão, insignificantes, fanfarronas, todas aquelas vozes, a fala cantada das mauricianas, o cheiro de açúcar de baunilha, de canela, sobre restos de caril com açafrão e *chatini* azedinho. O vazio, arrogante, injusto, aquele jeito que as pessoas de sua família tinham de negar o real, de exaltar os nomes de uma parentela desaparecida para sempre, que provavelmente nunca tinha mesmo existido. Aqueles nomes extravagantes, inventados, rutilantes, da pequena nobreza de Maurício, aos quais ela estava mais ou menos ligada pela história da família Brun (que pelo menos não achara de bom-tom munir o próprio nome de uma partícula). Nomes de opereta, nomes de jumentos e garanhões cruzados nos haras.

Os Archambault, Besnières, de Gersilly, de Grammont, de Grandpré, d'Espars, os Robin de Thouars, os de Surville, de Stère, de Saint-Dalfour, de Saint-Nolff, os Pichon de Vanves, os Cléry du Jars, Pontalenvert, os Seltz de Sterling, Craon de la Mothe, d'Edwards de Jonville, Créach du Rezé, de Soulte, de Sinch, d'Armor.

Já no ano anterior, em setembro, nos dias 23 e 24, as notícias da debandada na fronteira norte, todo aquele monte de gente tomando as estradas com carroças puxadas por cavalos e charretes movidas a força de braço. A tormenta que desabou sobre eles, deitando árvores nos caminhos. O frio do inverno precoce, a derrocada das finanças, os bancos que exigiam o pagamento imediato das dívidas para em seguida passar a chave no cofre, enquanto seus patrões iam correndo para a Suíça, a Inglaterra, a Argentina em busca de abrigo.

A voz que cuspinhava na rádio, a voz rouca, possante, que engrossava e subia. Suas frases lançadas no espaço, e o rumor ambiente que prosseguia em coro, um rangido de mar sobre os calhaus da praia, um estrondo nas arestas dos rochedos. Os clamores de uma multidão ao longe, em algum lugar, Munique, Berlim, Viena. Ou então no anfiteatro do Vél'd'Hiv,[3] os seguidores de La Rocque,[4] de Maurras,[5] de Daudet,[6] os que aclamavam a Liga, que investiam contra os comunistas. E as vozes das mulheres, das loucas, no salão da Rue du Cotentin, entusiasmadas: "Que força, que gênio, que poder, minhas queridas, que determinação comovente, mesmo que a gente não compreenda, ele nos eletriza, é ele que nos salvará de nossos velhos demônios, que nos protegerá de Lênin, o asiático de olhos solertes, ele é que vencerá Stálin, que nos preservará dos bárbaros".

Ethel enfiava o corpo na areia quente, via o bosque de pinheiros avançar sob as nuvens. Uma tarde, ao crepúsculo, quando os morcegos começavam sua ronda ao pé das dunas na caça aos mosquitos, Ethel e Laurent se banharam longamente, sem nadar, deixando-se apenas levar pela correnteza. Na praia havia um silêncio intenso, ninguém num raio de quilômetros.

3 Abreviatura de Vélodrome d'Hiver, onde em Paris foram presos pelos alemães os judeus estrangeiros, quase 13 mil pessoas ao todo. [N.T.]
4 François de La Rocque (1885-1946), político francês, presidente da organização Croix-de-Feu e fundador do Partido Social Francês. [N.T.]
5 Charles Maurras (1868-1952), teórico e político francês, principal figura do movimento nacionalista Action Française, que propunha a restauração da monarquia. [N.T.]
6 Léon Daudet (1867-1942), escritor e político francês, dirigiu com Charles Maurras o jornal *L'Action Française*. [N.T.]

No tapete áspero das agulhas de pinho fizeram amor sem tirar os trajes de banho molhados, foi antes um simulacro, o sexo de Laurent, duro sob o calção preto, apoiado sobre o sexo de Ethel esculpido em seu maiô branco, e no início foi uma dança lenta e prolongada, que depois se acelerou, a pele de ambos a arrepiar-se no frescor do ar, recoberta de gotinhas de suor salgado como a água do mar, Ethel de rosto virado para trás, olhos fechados para o céu, e Laurent arqueado, de olhos arregalados, o rosto num ligeiro esgar, os músculos retesados de suas costas e de seus braços. Ouviam as batidas fortes de seus corações, o ofegar de seus pulmões. Ethel gozou primeiro, depois Laurent, que logo deslizou para um lado, a mão apoiada sobre o calção onde crescia uma estrela quente.

Laurent ficou em silêncio, recuperando o fôlego, já ia se desculpar, sempre desastrado, quase envergonhado, mas Ethel não lhe deu tempo. Rolou para cima dele e o esmagou com todo o seu peso, a areia rangendo entre seus dentes, as mechas de cabelo ocultando completamente seu rosto como algas negras. Beijava-o para que se calasse. Melhor não dizer nada, sobretudo não pronunciar nenhuma frase, nenhuma palavra, sobretudo não dizer: eu te amo, ou qualquer coisa do gênero.

À noite eles voltavam para a pensão Liou a grandes pedaladas pela trilha de areia, vermelhos, descabelados, batidos pelo vento. Jantavam cedo, sem ouvir a balbúrdia da mesa posta, sem escutar a voz de Alexandre perorando para seu público habitual. Só Justine os observava pelo canto do olho, com um olhar longo e um pouco triste que queria dizer que ela sabia.

Iam deitar-se, cada um na sua cama estreita, em lençóis frescos, com areia quente incrustada nas costas, nas dobras da virilha, e uma pelota de areia fina cravada no buraco do umbigo.

Laurent partira para a Inglaterra. Na plataforma, na Gare du Nord, estava em pé, com a pequena valise na mão, túnica aberta no colarinho por causa do calor, casquete enfiado na dragona, ainda todo dourado pelo sol e pelo mar. Ethel encostara o rosto no peito do rapaz, mas a barulheira das plataformas não a deixava ouvir seu coração batendo.

Em seguida foi preciso cair na realidade. Foi como se tudo se acelerasse, como um filme cuja manivela fosse girada com fúria, cenas puladas, sequências cômicas, pessoas correndo, olhos revirados, caretas. A venda em hasta pública começara na volta da Bretanha. No salão, como que depois de um velório. Móveis ajuntados, panos cobrindo-os, a tampa do teclado do piano Érard levantada para que os comerciantes pudessem experimentar as teclas, como se entendessem do assunto. Em dado momento, enraivecida, Ethel sentou-se no tamborete, endireitou as costas, controlou a respiração. Começou a tocar um pouco tensa, mas ao sentir o calor que a invadia, suavemente, tocava um *Noturno* de Chopin, as notas escapavam pelas portas-janelas para repercutir no jardim já amarelado pelo outono, ela acreditava nunca ter tocado tão bem, nunca haver sentido tal força. As folhas das castanheiras rodopiavam ao vento e cada passagem do *Noturno* se misturava à queda das folhas; a cada nota, uma folha... Era o seu adeus à música, à juventude, ao amor, seu adeus a Laurent, a Xénia, a monsieur

Soliman, à Casa Malva, a tudo o que conhecera. Em breve não restaria mais nada. Quando acabou de tocar, Ethel bateu a tampa como se fechasse uma caixa de tesouros, e o velho piano fez um som engraçado, grave e múltiplo, com todas as cordas vibrando ao mesmo tempo. Um lamento, ou melhor, um doloroso riso de escárnio, pensou Ethel. Olhos vermelhos de lágrimas, Justine estava em pé ao lado dela. Boa hora para chorar, murmurou Ethel. Mas as palavras não lhe saíram de fato da garganta. Boa hora para chorar, sim, mas era ontem que você deveria ter derramado essas lágrimas, quando ainda podia fazer alguma coisa.

Passado o momento musical, retomaram-se, como de praxe, os negócios. Os belchiores, os antiquários, os donos de brechó, os carregadores. Também as tias chegavam furtivas, como ratinhas, para afanar uma coisa aqui, outra acolá, um par de vasos chineses, uma fruteira de bacará, um prato com ramagens da Companhia das Índias, um relógio de parede de carrilhão, um peso para papéis que era um galgo de bronze que Ethel via sempre sobre a escrivaninha de monsieur Soliman. Qualquer coisa, Justine e Alexandre, atordoados, deixavam ir. "Uma lembrança dos bons tempos", diziam as tias para se desculpar. Ethel as observava sem indulgência. Afinal de contas, senhor juiz, o oficial de Justiça que procedera ao primeiro inventário não embolsara a coleção de colherinhas em vermeil, sem pestanejar, dizendo com uma voz açucarada: "Não se preocupe, senhorita, vou fazer um inventário totalmente a seu favor".

A única coisa pela qual Justine se revoltou foi o quadro grande e horroroso, aquele *José vendido por seus irmãos* atribuído a Hippolyte Flandrin, porque lhe vinha da avó materna e porque não constava do inventário. No momento do tire-isso-da-parede ela se colocou diante do quadro com os braços abertos e tamanha determinação no olhar que os carregadores não ousaram se aproximar. O quadro se juntou no corredor ao monte heterogêneo de tudo que não tinha sido vendido e não podia ser sequestrado. Certamente ninguém, Justine menos ainda, poderia desconfiar naquele momento que o vagão blindado que mais tarde transportaria aqueles objetos seria bombardeado por ocasião de um dos últimos ataques dos Stukas alemães contra uma ponte da estrada de ferro, e que *José* seria pilhado, roubado, desapareceria para sempre! Vendido, como de regra, por seus irmãos, as bravas pessoas que se empurravam para esvaziar o conteúdo dos vagões desventrados pelas bombas.

III. O silêncio

O silêncio em Paris no mês de junho. Após a efervescência, os rumores, e depois aquelas bombas que caíram sobre a capital ao acaso, e as sirenes da defesa passiva, as correrias das famílias pelos porões, o retorno à superfície das crianças encarvoadas por pelotas de coque, as disparadas pelos corredores do metrô – o barulho das bocas sobretudo, os comentários, as narrativas, os prognósticos, as manchetes da imprensa, Baudouin, que se dizia ministro das Relações Exteriores, proclamando depois de Mers el-Kébir: "A Inglaterra cortou o último laço que nos ligava". E as parlamentações, Bloch, Pomaret preso em Pellevoisin, em companhia de Blum, Auriol, Mandel, Daladier, Jean Zay – "o ministério dos Lazeres!", comentara a generala Lemercier, citando o *Gringoire*.[1]

1 Semanário político e literário francês. Fundado em 1928, parou de circular em 1944. [N.T.]

O silêncio em Paris, e a chuva leve e langorosa que caía em cascata no jardim abandonado. Desde 12 de junho, Alexandre estava sem falar. Nem o rádio ouvia mais, aquela voz que chiava mentiras, nossas tropas vitoriosas retêm o inimigo no front do Meuse, eles nunca atravessarão o Marne, quando os alemães já acampavam diante de Paris, quando seus tanques e carros blindados já detonavam a pista de rolamento, no Boulevard du Montparnasse, no Boulevard Saint-Germain, na Champs-Élysées!

O apartamento parecia uma região devastada. As marcas dos quadros nas paredes, os vestígios dos pés do piano, dos armários de roupa-branca, das cômodas neogóticas, do birô de Alexandre. Um pouco por toda parte rolos de papel, fios elétricos, lustres de continhas de vidro que ninguém quis, transbordando das caixas empoeiradas junto com roupas e sapatos, louças, utensílios de cozinha. Esperava-se não se sabia o quê. A volta à normalidade, sem dúvida. Uma vez que a crise já havia passado, uma vez que não tinha havido nada. Nem sequer uma verdadeira guerra. Uma vez que tudo acabou antes de começar. As notícias induzindo a confusão, a voz do Führer, aquela voz que ressoava entre as paredes vazias, que se amplificava, que parecia vir do céu de verão, que troava à maneira da tempestade.

Os almoços de domingo não aconteciam mais. Os frequentadores habituais tinham desertado, um após outro, sem dar explicação. Não sabiam mais onde sentar-se. Restava apenas a velha cadeira de braços de Justine, carcomida, desbotada, remendada com cola de madeira e arame, que nem mesmo a um brechó interessara.

Um dos últimos, Claudius Talon, apareceu. Ostentava a pequena insígnia tricolor, em metal cromado e esmaltado, da LVF.[2] A Ação Francesa exigia que fosse proibido aos judeus ter cinemas! Leu solenemente a declaração do capitão Casabianca: "O povo alemão se entusiasma com a ideia de que a França, ontem sua inimiga, possa hoje tornar-se sua associada". Ethel sentia náuseas, de nada adiantava andar por ruas desertas, a voz anasalada de Talon ressoava, com seus sarcasmos: "Goldenberg, Weiskopf, Lévy, Cot, a esposa Tabouis, Géraud, 'Aqui Londres, os franceses falando para os franceses!'". E nas paredes da sede da prefeitura no XV distrito, afixados os decretos publicados pelo *Diário Oficial:*

> *Artigo primeiro: é considerado Judeu todo aquele que descenda de três avós de raça judia, ou de dois avós, se o cônjuge for judeu. Artigo segundo: ficam interditos aos Judeus o acesso e o exercício das seguintes funções públicas e mandatos: 1) chefe de Estado, membro do governo, do Conselho de Estado, do Conselho da Legião de Honra, do Supremo Tribunal de Justiça, dos corpos de engenharia militar, dos tribunais de primeira instância, dos juizados de paz; 2) agentes de Relações Exteriores, representantes regionais e departamentais do Estado, sub-representantes, funcionários de polícia nacional; 3) residentes-gerais, governadores e administradores de colônias; 4) corpo docente em seu conjunto; 5) oficiais do Exército, da Marinha e da Aeronáutica; 6) agentes da Administração e das empresas públicas. Além disso, os Judeus*

2 Legião dos Voluntários Franceses [contra o bolchevismo], unidade militar, constituída em 1941, que reunia voluntários franceses dispostos a combater, nas fileiras das Forças Armadas alemãs, contra os russos. [N.T.]

não poderão exercer as seguintes profissões: redatores ou administradores de jornais, de revistas (exceto científicas), produtores e diretores de filmes, roteiristas. Gerentes de salas de cinema ou de teatro. Este decreto se aplica ao conjunto do território, bem como à Argélia e às demais colônias.

Assinado: Pétain, Laval, Alibert, Darlan, d'Huntziger, Belin.

Depois, num outro dia:

Lei de 2 de junho prescrevendo o recenseamento de Judeus.

Toda pessoa definida como judia deve se apresentar no prazo de um mês ao representante do Estado em seu departamento e declarar por carta sua profissão e estado civil e fazer a lista de todos os seus bens. Os contraventores serão punidos com a prisão. A lei será aplicada na França, na Argélia e nas colônias, bem como na Síria e no Líbano.

E ainda:

Lei de 17 de junho:

É interdito a todas as pessoas de raça judia o exercício das seguintes profissões: banqueiro, corretor de seguros, publicista, fornecedor de empréstimos, corretor da Bolsa de Valores, negociante de grãos, vendedor de quadros, antiquário, explorador florestal, proprietário de casa de jogos, jornalista de informação da imprensa escrita ou falada, editor.

Assinado: Pétain, Darlan, Barthélemy (ministro da Justiça), Lehideux (secretário de Estado da Produção Industrial), Jérôme Carcopino (secretário de Estado da Educação Nacional).

No *Gringoire*, os nomes:

> *Herschell Grynszpan, o assassino de von Rath. Loeb e Blum culpados de ter causado o Anschluss, de ter aberto as fronteiras aos refugiados espanhóis, de ter entregado aviões à Espanha vermelha.*

Os nomes revelados por Henri Béraud: Jean Zay, aliás Isaïe Ézéchiel, Léon Blum, aliás Karfunkelstein. Os nomes dos grandes empresários judeus em praça pública, estampados no D.O., em ordem alfabética, uma lista vergonhosa, sem fim:

Aksebrad
Achtenkiem
Abramowski
Astrowicz
Berger Gidel
Blumkind
Braun
Cahen
Chapochnik
Corn
David
Fain
Fatermann
Finkielstein
Foncks
Fridman
Galazka

que Ethel lia no vento, e instintivamente procurara o nome de Laurent Feld, como se essa lista ignominiosa pudesse tê-lo encontrado onde ele estava, do outro lado da Mancha, pudesse ter revelado seu esconderijo, seu segredo no coração de Ethel, denunciado pela voz desagradável de Talon, ou então posto em evidência pela ironia da generala Lemercier, seu jeito de sacudir a cabeça fazendo ttt! ttt! ttt! com a ponta da língua, quando voltou entusiasmada da grande reunião da LVF no Vélodrome d'Hiver, tendo, com vinte mil parisienses, declarado seu apoio incondicional às tropas alemãs, finlandesas e romenas no grande combate contra o bolchevismo internacional! Alexandre baixara a cabeça, mas Justine se indignara e a reconduzira à porta do salão devastado, como se ainda tivesse alguma coisa a salvar, a honra, a memória, sabe Deus o quê!

Tudo aquilo era patético, vagamente ridículo, certamente venenoso. Ethel tinha pensado então que já era tarde demais, que não poderia deixar sua família, como tanto lhe agradaria fazer, para deixar tudo de lado e embarcar para o outro lado do mundo, para o Canadá – o sonho de Maria Chapdelaine, de um país frio e puro, onde a neve brilhava ao sol, onde as florestas não têm fim, onde Laurent iria encontrá-la para uma vida nova. Tinham falado disso, na praia, para depois que a guerra acabasse. Tinham traçado seus primeiros planos, ele numa organização internacional, ela num colégio particular, ensinando poesia.

Mas agora já era tarde demais, a bordo da jangada de náufragos que os ventos da realidade arrastariam. No meio de escombros, valises afiveladas, caixotes já amarrados, da barafunda de objetos que boiavam na torrente incoerente dos acontecimentos, no caos das notícias falsas, dos comunicados mentirosos, das peças de propaganda, do ódio dos estrangeiros, da desconfiança dos espiões, dos falatórios e fofocas, do vazio e da fome, da falta de amor e de orgulho.

1942

O embarque dos pertences ocorreu na Gare d'Austerlitz cercada de barricadas, envolta em redes antiaviões, arame farpado, sacos de areia, no frio de março. Alexandre não foi. Abatido e em silêncio, ficou sentado na única cadeira de braços que lhes restava. Após a ruína, teve de renunciar às pequenas distrações que o fizeram viver durante décadas, os almoços de solteiro nos bistrôs da boemia em Montparnasse, os cafés com mauricianos na Rue de Vaugirard, os passeios na Champs-Élysées ("Para assistir aos boches fazendo troca de guarda, com todos os safadinhos na parada? Não, eu não, muito obrigada", comentara Justine). Ele suspendera a assinatura do *Gringoire* por falta de dinheiro e também por causa do artigo de Maxence sobre *Bagatelles pour un massacre*, a do *Je Suis Partout* por causa do veneno de Marcel Jouhandeau contra René Schwob – a pequena frase: "Nego que a Virgem Maria seja uma judiazinha da Rue des Rosiers". Nem as notícias no rádio ele escutava mais. Limitava-se a fumar todos os tíquetes de tabaco que Justine conseguia recolher. Como de hábito, tossia. E talvez não pensasse em nada.

Ethel observava seu perfil, o nariz aquilino, a testa grande, a barbicha aparada com cuidado, os longos cabelos pretos penteados para trás, tão incomumente abundantes para um homem de sua idade, e o imaginava com vinte e cinco anos, idade em que saíra de Maurício pela primeira vez, audacioso, sedutor e sem dinheiro no bolso, para começar vida nova na França. Tudo o que o separava daquela glória, daquela juventude, tudo o que desmoronara, o que se dissipara, ano após ano, até aquele cômodo vazio do qual em breve seria expulso.

Justine se encarregou das coisas. Na gare, atarefada, multiplicava as recomendações e as gorjetas aos carregadores. Por aqui, o vidro, lá no fundo, entre as duas cômodas, e as caixas com a louça, o armário desmontado, as malas, as arcas de vime que continham pilhas de lençóis de linho amarelados pelo tempo, as roupas, e aquela espécie de canastra na qual ela havia enfiado todos os brinquedos de Ethel, as bonecas com rosto de porcelana, o aparelho de louça em miniatura, o anão amarelo, caixas de loto, dominó, diabolô, giroscópio, pulgas saltadoras, lanterna mágica, ludo, pesca de rãs, minicroqué e até aquele brinquedo que tanto atemorizava Ethel quando ela era pequena, uma espécie de ogro de papel machê que escancarava a boca para engolir retalhos de pano e que tivera de ser escondido no porão. "De que isso tudo vai nos servir em Nice?", perguntou Ethel, apenas por perguntar, no momento de embarcar aquele monte de trastes. "E os meus netinhos, com o que vão brincar?" À resposta de Justine, Ethel reagiu mal-humorada. "Netinhos? Você quer dizer os *meus* filhos?"

Bom momento para tocar no assunto, na plataforma apinhada de pessoas com medo, atarefadas, que só se ocupavam de salvar seus móveis e trapos, como se houvesse alguém no mundo que pudesse querê-los, o inimigo, talvez o russo sanguinário que ia romper todos os diques e invadir a Europa, como dizia aquela semidemente, a generala Lemercier, quando ainda aparecia na Rue du Cotentin.

O De Dion-Bouton, tirado da garagem onde dormira nos últimos anos por falta de dinheiro para a gasolina, andava como um animal antediluviano, erguido nas patas magras, com a carroceria amarela e preta sarapintada de ferrugem. Para a grande viagem, Justine fez um protetor de borracha forrado de veludo (a cortina vermelha da entrada forneceu o tecido e os pesos de chumbo) para cobrir as pernas contra o vento e a chuva. Um ferreiro completou a obra, soldando por cima da capota rasgada uns arcos que sustentavam uma plataforma de madeira semelhante a um teto de gôndola. Tudo que não tinha sido embarcado no vagão de carga encontrou lugar naquele bagageiro, colchões, tapetes enrolados, panos de decoração e, por trás de tudo, enfiadas umas nas outras, as velhas cadeiras de jardim de junco no interior das quais Justine achara um jeito de empilhar a roupa-branca, lençóis, toalhas, sabão e até sacos de batatas escondidos em trapos, como nos tempos dos direitos de barreira. Era de dar pena, pensou Ethel, cômico e ao mesmo tempo vagamente vergonhoso. Sua carteira de habilitação novinha (Alexandre fora reprovado no exame de motorista em todas as tentativas feitas, embora dirigisse desde os primórdios do automóvel) transformava-a no piloto da velha geringonça.

Em companhia de Justine, Ethel tinha ido à prefeitura no XV distrito em busca da senha que lhes permitiria escapar à armadilha de Paris. O oficial alemão, elegante, impecável e cortês, e seu intérprete, um rapazola de casaco de couro preto com jeito de pilantra e cara de fuinha, que ao longo de toda a entrevista não tirou os olhos de Ethel, como se tentasse ver sua silhueta e as pernas sob o mantô marrom.

Certificado de repatriamento por rodovia:

Heimschaffungs-Bestätigung
der Flüchtlinge durch Strassenverkehr

para ser carimbado na prefetitura de Lussac-les-Châteaux.

Num envelope não selado, os tíquetes da gasolina racionada, para cinquenta litros, que deveriam ser conferidos na prefeitura de Lussac e, quatro dias depois, na de Castelnau-le-Lez.

Naturalmente foi preciso mentir. Ao examinar com uma atenção de iletrado a carteira de identidade de Alexandre, o rapaz soletrou: nascido no distrito de Moka, ilha Maurício, e fez um comentário desairoso sobre os estrangeiros que atravancavam as estradas... Ethel cortou na hora: "Trata-se de um velho entrevado, senhor, e o clima do Mediterrâneo é sua única chance de continuar vivo". Justine nem sequer virou a cabeça. "Um velho entrevado" era o que seu marido passara a ser.

Para o sul: bem poderiam ter sido as férias. Páscoa à beira do Mediterrâneo, na tranquilidade de uma pequena enseada perto de Toulon, na baía de Alon, ou na praia de Hyères, no Lavandou. Ela e Laurent tinham falado muito nisso, uma viagem perfumada, amorosa, mas principalmente sem nada que pudesse lembrar uma lua de mel açucarada demais.

As estradas, agora retas e vazias, passavam por lugares maravilhosos, os trigais brotando, os pastos, as encostas cobertas de samambaias. O céu leve, pontilhado de brandas nuvenzinhas, um azul desmaiado no horizonte. Ethel dirigia cantando, não importava o quê. *La Traviata*, *Lucie de Lammermoor*, *La Clémence de Titus*. "O rei barbudo que avança, budo que avança." Depois, quando o repertório já estava se esgotando, *Minuits Chrétiens*, *Jingle Bells* e até *O Tannenbaum*, já que agora eles viviam na Bochelândia e era preciso praticar para falar a língua! Era seu truque para não pensar nos repetidos engasgos do motor, que a todo instante ameaçava pifar, nem nos roncos comatosos de Alexandre, afundado atrás sobre os embrulhos. Justine, que retomara confiança, juntava-se a Ethel para cantar. Talvez a fórmula de Alexandre, agora célebre, tivesse encontrado lugar em seu espírito: começar vida nova!

Será que ela via os restos da guerra ao longo da estrada, os pedaços semidesabados de parede nos quais era possível ler um nome, um slogan, os buracos negros no meio dos campos, os destroços de carros calcinados, uma carroça sem rodas, um esqueleto de cavalo empinado contra uma barreira, cor de fuligem bem vermelha, dentes arreganhados para os pardais e as gralhas? Pouco, na verdade, em comparação com as ruínas de Dunquerque, de Verdun, de Châlons, com as pontes derrubadas em Orléans, em Poitiers. Mas aqui, ao longo dessa estrada sem fim, não eram fotos, imagens trêmulas dos filmes do Pathé-Journal, o que se via. Nenhuma voz para mentir, para esgarçar o real. O que era estranho, angustiante mesmo, era antes aquela calma excessiva, os campos tão belos, o céu tão azul, uma paz exangue ou, mais realisticamente, o vazio vertiginoso da derrota.

Em Lussac-les-Châteaux, de repente, a realidade. A fila de carros, caminhões, ônibus, carroças, charretes puxadas a braço, todos tentando passar pelo gargalo de arame farpado. As injunções de um cabo e dois soldados, os patetas, as viúvas chorosas, as crianças gripadas, o dia todo esperando, avançando metro a metro, empurrando o De Dion para não gastar o precioso combustível. Na entrada da cidadezinha, o posto de troca de cavalos, o café do comércio, uma praça como outra qualquer, uma esquina, uma igreja com campanário como se se estivessem no Brasil. Alexandre se reanimara. “Alguém já me falou, nem sei mais quem, da coleção de sarcófagos merovíngios, parece que há esqueletos de mulheres, que eram gigantes!” Ethel zombou: “Quem sabe fazemos uma visita?”. Realmente ele era incorrigível. Do tipo de fazer o beija-mão num antro ou de sair-se com um dito espirituoso no meio de um desastre.

Ela pensava nos grandiosos Mounes de Maurício, tão elegantes, tão distintos, tão prontos outrora a mandar cortar o jarrete de seus escravos revoltados ou a derramar seu sêmen no ventre das meninas de cor.

Mas hoje isso não tinha mais importância. Estavam indo para o sul, talvez não voltassem nunca. Ethel sentia um gosto amargo na boca. Naquela estrada reta, vazia, esticada entre os campos, cada marco quilométrico arrancava, desterrava, demolia, petrificava alguma coisa. Ethel se dava conta de que estava com vinte anos e jamais tinha sido jovem. Xénia um dia lhe dissera: "Você tem jeito de eterna solteirona". E logo em seguida, como era seu hábito, deu-lhe uns soquinhos com os punhos pequenos, porém duros: "Vamos, não chore! É o meu presente de aniversário!".

Seguir sempre em frente por aquela estrada, no calhambeque *belle époque* que ostentava seus esplendores passados como uma grande cocote exibe suas joias em desuso e suas peles roídas. Justine aprumada e digna, enchapelada, enluvada, para melhor se impor aos boches. Alexandre, pele cor de barro de velho habitante das colônias, algo de indígena nas mechas brancas dispersas pela cabeleira negra. A tralha mais que inverossímil no bagageiro do De Dion, sobretudo a coleção de bengalas-espadas provenientes de Maurício, da qual Alexandre se negara a se desfazer e que sacolejava sobre o teto, amarrada por um entrelaçado de cordinhas e nós de marinheiro. Teria ele conseguido levar, contra a vontade da esposa, o modelo em um terço da grande hélice de madeira torneada por um marceneiro de acordo com seu projeto, que deveria revolucionar definitivamente a propulsão do mais-leve-que-o-ar? A não ser que Justine, no último instante, tivesse podido se livrar do engenho ("Se nos pegam com isso, com a espionite reinante, estamos fritos!").

Pane atrás de pane, depois de Béziers. A gasolina estava adulterada, Ethel era obrigada a desmontar o carburador, soprar no giclê e depois girar a manivela, tomando cuidado porque o coice do recuo podia lhe quebrar o braço, ou a parar perto de uma água estagnada para abrir a tampa do radiador com um pano e, ao longo de todo o caminho, ficar atenta a cada rangido, cada chiado, cada assovio na junta do cabeçote, cada batida nas bielas, batidas do relógio da morte para o De Dion, e com certeza para seus passageiros, naquela terra de ninguém, naquele deserto florido, naquele campo mortífero, cadavérico, nos pequenos bosques de pinheiros na borda das landes, onde os ladrões e os assassinos se escondiam.

Nas hospedarias, hoteizinhos para caixeiros-viajantes, daqueles que antes teriam feito Justine rir – palácios para os férias-pagas! –, toda noite eram os mesmos boatos: "Não vá por aqui, não vá por ali, evite a ponte de Vienne, parece que está minada, não fale com freiras na estrada, já prenderam um padre e sua empregada, eram da quinta-coluna. Nunca peça informações sobre o caminho, senhorita, podem mandá-la por uma trilha errada onde vocês serão assassinados e, pior ainda, atirados no fundo de um poço, os boches se vingam do que os marroquinos fizeram na Alemanha, até uma família com crianças pode ser armadilha!".

Seu passaporte era o papel dobrado em quatro, copiado a lápis azul, que dizia:

> *Bescheinigung*
> *Die Frau Brun, Ethel Marie,*
> Aus... *Paris ist berechtigt, mit ihrem Kraftfahrzeug n° 1451* DU *2*
> Nach... *Nizza zu fahren.*
> *Es fahren mit ihr Familiaren*
> *Paris,* XII, *1942*
> *Der Standortkommandant*
>
> Assinado: *Oberleutnant Ernst Broll* [3]

E o selo estampado, uma águia de asas abertas, com a cabeça virada para a esquerda e tendo nas garras uma coroa e uma suástica.

Um homem elegante, sóbrio num uniforme preto, sem casquete, ela até achou que ele se parecia com o professor de filosofia do liceu da Rue Marguerin. O mesmo olhar míope, um tanto embaçado, o mesmo sorriso fino que abria covinhas nas bochechas. Preencheu o *Ausweis*[4] com cuidado e depois acrescentou embaixo à esquerda, em sua bonita letra inclinada, talvez para suavizar o desenho da ave de rapina que brandia

3 Em alemão no original: Certificado/ A senhora Brun, Ethel Marie,/ Vinda de Paris, está autorizada, em seu automóvel n° 1451 DU 2,/ A viajar para Nice/ Acompanhada de sua família/ Paris, XII, 1942/ O comandante da guarnição/ Assinado: Primeiro-tenente Ernst Broll. [N.T.]

4 Em alemão no original: documento. [N.T.]

o símbolo mais odiado do mundo, aquela cruz gamada, que lembrava um eixo terminando em foices, uma palavra seguida de um ponto de exclamação:

Flüchtlinge!

E ingenuamente Ethel imaginara que ele lhes desejava boa sorte. Muito tempo depois, procurando num dicionário, haverá de compreender que aquele bravo soldado, aquele funcionário zeloso, tinha simplesmente resumido numa palavra o que eram aquelas pessoas, a família de ciganos empilhada no carro degringolado, no meio de seus tarecos:

Refugiados!

A fome,

uma sensação estranha, durável, invariável, quase familiar no entanto. Como um inverno que não acabasse nunca.

Cinzento, fosco. Nice, antigamente, quando as tias mauricianas falavam da cidade, era um lugar delicioso, o mar muito azul, as palmeiras, o sol, as moldagens em gesso do Carnaval, as batalhas de flores e limões, as noites lisas sob um céu de veludo, a curva toda iluminada que elas admiravam da calçada do quebra-mar e da qual Pauline dizia: "Meu rio de diamantes".

Na chegada, Ethel sentiu as palpitações de quando alguém começa uma aventura nova. O mistral lavara o horizonte, os cumes mais altos estavam cobertos de neve e, na praia de pedrinhas brancas, banhistas faziam ginástica sueca, crianças louras e douradas se banhavam nuas.

E depois havia os italianos! Muito jovens, muito bonitinhos, não tinham ar de seriedade no uniforme verde, no chapéu com pena de galo. E como olhavam para as meninas! Falavam francês se enrolando nos *rr*, tocavam sanfona, pintavam aquarelas.

Ethel passou dias inteiros ao sol, nas angras do bairro do Lazaret. Precisava daquilo, para ela um assombro. Nadava por muito tempo, num mar frio onde circulavam medusas, depois esperava na praia que o sol secasse cada gota de água salgada em sua pele. Não havia ninguém. Salvo, de vez em quando, mulheres com crianças, alguns velhos. Na maior parte do tempo, ninguém. O horizonte vazio, sem um navio, sem um pássaro.

Uma vez teve medo. Um homem de seus cinquenta anos aproximou-se, exibiu-se. Ela se levantou e partiu sem olhar para ele. Outra vez, dois moleques tentaram barrar-lhe a passagem quando ela subia pelos rochedos. Então ela mergulhou de onde estava, nadou para o largo, até o mais longe possível, depois ficou em pé num dique para tomar fôlego, ao lado dos viveiros de peixes. Mais tarde voltou à angra para apanhar suas coisas. Não mencionou o acontecido a Justine. Considerava-se responsável por si mesma. Era o seu modo de estar em guerra.

Sua pele já se tornara de um moreno bem quente, seus cabelos, dourados. Ela gostava de passar os dedos pela pele das tíbias para sentir sua lisura, ou para tatear as listrinhas claras, apergaminhadas.

O dinheiro começava a faltar. As economias reunidas por Justine vendendo o que escapara da avidez dos meirinhos, em boa parte haviam sido gastas logo no começo do inverno. Foi preciso comprar carvão e serragem para o aquecedor e querosene para as lamparinas, para os cortes de energia. O apartamento ficava no último andar de um velho prédio sem nome que dominava o porto, a vista era admirável, mas o frio atravessava o zinco do teto, as janelas da água-furtada eram geradoras de ar encanado. Em consequência da moratória sobre o pagamento de aluguéis (afinal, continuávamos em guerra, não é?), os proprietários não consertavam mais nada, a chuva alagava a cozinha e o banheiro, Justine punha seus vasos de samambaias embaixo das goteiras e se dedicava a uma plantação de alface e cenoura em jardineiras penduradas nos parapeitos das sacadas. Alexandre misturava folhas secas de cenoura ao tabaco racionado, fazendo de conta que sentia o gostinho açucarado de um Virgínia.

Pouco a pouco o cotidiano ocupara um lugar importante. Era como ficar de olhos sempre fixos no chão, procurando alguma coisa, uma pecinha, um alfinete, uma ponta de cigarro. Sentia-se um cheiro de fumaça, de mofo nas ruas, nos pátios dos prédios. Ethel subia pelo caminho escarpado empurrando sua bicicleta carregada de provisões, de legumes, de lenha para o fogo. Andando ao longo das paredes sentia o bafo dos porões, as baforadas sombrias que saíam pelos respiradouros. E estremecia como antigamente, quando descia ao porão da Rue du Cotentin, apertando muito forte a mão da empregada, para buscar garrafas de vinho ou encher uma cesta de vime com batatas.

Era preciso ir cada vez mais longe, cada vez mais cedo. No mercado, tudo era caro. E tudo estava à venda. Ethel comprava folhas de nabo, folhas de abóbora, folhas de repolho. Ser mauriciana (pelo menos de origem), do país dos *margozes* (os *amargos* não comestíveis), dava certa vantagem, pois assim já se sabia, com um resto de açafrão e de caril em pó, preparar até mesmo o que os coelhos comiam.

Por volta do meio-dia já não restava quase nada. Entre as barracas vazias circulavam sombras, de velhos, de mendigas, que apanhavam os detritos na ponta de uma vara para em seguida enfiá-los nas suas sacas de juta. Legumes avariados, frutas amassadas, raízes brotando, restos, cascas. Silenciosos como cachorros, dobrados ao meio, enrolados em panos, em cobertas, as mãos negras, de unhas enormes, os rostos angulosos, narizes tortos, queixos flácidos. A roda da bicicleta ia avançando em meio aos escombros e o pedal batia na barriga da perna de Ethel, que nem precisava tocar a campainha enferrujada, à sua passagem as sombras se afastavam, parando de cabeça virada para olhar de esguelha. Uma delas, uma velha estropiada, magérrima, levantou de repente a cabeça e Ethel teve um choque, crendo reconhecer as olheiras fundas e as faces carregadas de ruge de Maude. Enquanto ela escapava, empurrando a bicicleta, em direção à saída do mercado, seu coração batia disparado. Depois, pedalando com todas as suas forças, saiu em fuga pelo labirinto da cidade velha, perseguida pela cara da velha, seu nariz em bico de abutre, suas íris cinzentas cercadas de um contorno a carvão, a boca enrugada manchada de vermelho, sobretudo a expressão daquele rosto, uma expressão de avidez e de tristeza. Ao mesmo tempo, ela se repetia, um pouco para tentar se convencer, que não, que não era ela, não era Maude, apenas uma velha abandonada que morria lentamente de fome.

Não mencionou o encontro a Justine. A inimiga da família, aquela por quem chegara o escândalo, aquela que estivera lá no momento em que Alexandre começava a arruinar-se, como poderia ela ter se tornado aquela mendiga que catava legumes podres para sobreviver?

Ethel refletiu. De certo modo se fazia justiça. Todos foram traídos, abandonados, castigados, por efeito de seu orgulho de outrora. Os volúveis, os "artistas", os negocistas, os picaretas, os predadores. E também todos aqueles que haviam professado com orgulho sua superioridade moral e intelectual, os monarquistas, os fourieristas, os racistas, os suprematistas, os misticistas, os espiritistas, discípulos de Swedenborg, de Claude de Saint-Martin, de Martinez de Pasqually, de Gobineau, de Rivarol, os maurrassianos, camelôs do rei, militantes nacionalistas, mordrelianos, pacifistas, muniquenses, colaboracionistas, anglófobos, celtômanos, oligarquistas, sinarquistas, anarquistas, imperialistas, cagoulistas[5] e sectários da Liga. Durante todos esses anos tinham estado sempre por cima, pavoneavam-se em suas tribunas, deblateravam sem tomar fôlego, com seus discursos antijudeus, antinegros, antiárabes, suas fanfarronadas, seus ares de justiceiros e de mata-mouros. Todos os que temiam por seus privilégios, como Alexandre Brun, esperavam a Grande Noite, a revolução bolchevique, o complô dos anarquistas. Os que se reuniram no Vélodrome d'Hiver para aclamar a libertação de Charles Maurras, os que apoiaram a Liga contra Daladier, que amarraram a cara quando

5 Integrantes da Cagoule, como era chamado o Comitê Secreto de Ação Revolucionária (CSAR), organização clandestina de extrema direita. [N.T.]

La Rocque se negou, que aplaudiram Pio XI e Hitler quando eles invocaram o extermínio dos comunistas. Os que exigiram a morte no processo de Nguyên Ai Quôc quando este reclamava o direito da Indochina à autodeterminação, os que aplaudiram a execução pública do professor Nguyen Thái Hoc, que proclamava a independência do Annam, todos os que liam Paul Chack, J.-P. Maxence e L.-F. Céline, que riam vendo nos jornais os desenhos de Carb: "Opa! A França não é mais uma pátria para os sem-pátria!". A Estátua da Liberdade em Nova York brandindo um candelabro de sete braços com a legenda: "Tio Sem!".

Esmigalhado, o mundo dessa gente afinal ruíra, reduzia-se agora a um filete d'água. Por sua vez, eles agora estavam condenados a errar como sombras, sem nada esperar, sem outro alimento que não as cascas e raízes brotadas, como se naquele inverno interminável tivessem de comer a terra, o carvão e o ferro.

O mundo novo que evocavam não surgiu. Eles que pensavam pertencer à raça dos senhores, descender dos mestres e dos grandes Mounes que sujeitavam o universo a seus próprios desejos. A realidade mal chegara a abrir seus olhos. Entregues a seus sobrenomes imaginários, eram descendentes da "segunda raça". Ainda não tinham compreendido muito bem. Nada tinham visto surgir.

O que esperavam ainda? Alguns, que o inglês detestado desde a batalha de Grand Port, o inglês traiçoeiro desembarcado no cabo Malheureux, que atravessara os canaviais de Mapou com os cascos dos cavalos enrolados em trapos para surpreender em silêncio a retaguarda dos franceses em Port Louis, o inglês velhaco de Mers el-Kébir que reduzido a pó a esquadra francesa sem lhe dar a menor chance, que se negara a combater no reduto de Dunquerque, caísse enfim de seu trono e abaixasse a cabeça, como eles mesmos tinham feito, e conhecesse por sua vez a infâmia do estandarte preto e vermelho ornado por uma aranha sinistra!

Pouco a pouco o mundo se encolhia. Para atingir seus fins, eles, que quiseram reinar, estavam dispostos a cometer todas as ignomínias. Compreendiam agora que o ocupante não faria a menor diferença entre eles e os outros, que eles seriam ceifados e colhidos como aqueles que tinham desenhado, todos os miseráveis e sem nomes, essa gente sem estrela nascida para servi-los.

Alguns tinham conseguido safar-se, pelo que Ethel ouviu dizer pela generala Lemercier, que a amargura tornava mais maledicente ainda. Entre outros o astucioso Chemin, que na condição de notário se pôs a serviço da Alemanha, registrando em seus escritos o inventário dos bens dos judeus espoliados e vendidos em leilões. Mas havia ainda pior: Talon, o infecto Talon, parasita dos novos mandatários, proclamara-se administrador das empresas e dos imóveis de aluguel confiscados dos judeus, tendo aberto no Boulevard des Capucines (no número 9), depois na Rue Montmartre, com os chamados Labro e Champion, um escritório de administração para Rubinstein e Weinberg e, em Viroflay, um outro, menor, para os bens de Abraham Low. Ethel pensava nessas pessoas com um ódio frio, porque não tinham mudado nada, porque os acontecimentos dramáticos, o êxodo, a ruína, a deportação de seus contemporâneos, longe de prejudicá-los, tinham decuplicado seu poder.

Teria ela também rancor dos outros, dos fantasmas humanos que se jogaram na goela do lobo, que não refletiram, que engoliram todas as mentiras da época, que acreditaram em seu destino, como se sua essência fosse realmente superior, nascidos de uma outra raça? Sem dúvida já não havia nem mesmo tempo para odiá-los.

Nice, essa cidade de opereta, cenário dos ingleses dos tempos de lord Brougham & Vaux, dos russos dos tempos da imperatriz e de Marie Bashkirtseff, essa cidade indiferente e cruel, superexposta ao sol e ao vento áspero dos vales cimenteiros, com seus habitantes incrustados no asfalto como sombras negras – uma bela armadilha, dizia Ethel para si mesma.

Voltava-lhe ao espírito certo capítulo das *Aventuras de mister Pickwick*, a prisão por dívidas onde são encarcerados todos os falidos, os falsos nobres e os parasitas autênticos, que ali continuam circulando, se interpelando das sacadas e fazendo seus negócios como se ainda estivessem em liberdade na City.

Pouco a pouco se fechavam as ruas, os locais de lazer, os jardins com suas fontes de Amores, transformados agora em terrenos de caça para gatos vadios. O parque Chambrun, a vila Smith, a vila Vigier, o castelo Nestlé, o castelo Scoffier, o Athénée e todos aqueles grandes hotéis magníficos e meio antiquados, o Ruhl, o Negresco, o Splendid, o Westminster, o Plaza, e o que Alexandre e Justine tinham frequentado outrora, nos tempos de pompa, o Ermitage, servido por um teleférico e cujo parque decerto teria lembrado a Alexandre a extensão selvagem e ritmada das palmeiras de sua casa natal em Moka (ilha Maurício).

Os oficiais italianos haviam ocupado um de seus andares, até o dia em que – pois mesmo na raça dos senhores existiam categorias – foram desalojados pelo Exército alemão. Um dia, andando pelo centro da cidade com Justine, esta parou para mostrar no fim da rua, pegada ao flanco da colina de Cimiez, insolentemente iluminada pelo sol do inverno, a construção toda branca: "Isso é tudo o que resta da nossa lua de mel". Ethel reteve um comentário sarcástico: "Pois então fui concebida nesse caravançará?".

As cercas de arame farpado fechavam os parques, as colinas de mimosas, as praias. Muros de blocos de cimento barravam os acessos ao mar. No promontório onde ela antes gostava de olhar as ondas rolando antes de ir mergulhar entre os rochedos, Ethel notou um dia soldados cimentando uma espécie de plataforma para um canhão que girava sobre trilhos. As janelas do grande seminário estavam tapadas, os padres de batina substituídos por convalescentes e soldados. Um pouco por toda parte os muros tinham subido, redes de camuflagem cobriam os telhados. Os campos de oliveiras tinham sido minados. Uma tabuleta com uma caveira, escrita em duas línguas, ameaçava os passantes. A partir das dezoito horas vigorava o toque de recolher. Numa noite em que chegava mais tarde, ao subir pela escadaria do prédio, um tiro abriu um buraco na entrada de luz do quinto andar e a bala se cravou na parede. Depois, toda vez que passava por ali ao descer, Ethel não podia se impedir de enfiar o dedo no buraco para tentar tocar no pedacinho de ferro que quase a matara.

Quando a sirene era acionada, por sobre todos os telhados da cidade, era preciso descer para o porão, andando à luz de uma vela, e lá ficar até o fim do alarme. Nos primeiros tempos, Justine tinha conseguido arrastar seu marido, mas agora ele se aferrava à cadeira, mãos grudadas nos braços. "Vão vocês, se quiserem, mas eu prefiro morrer aqui respirando a ser soterrado como um rato!"

Sob as bombas dos ingleses e dos americanos, não se morria. Mas morria-se pouco a pouco de não comer, de não respirar, de não ser livre, de não sonhar. O mar era um mero traço azul na lonjura, entre as palmeiras, além dos telhados avermelhados. Ethel passava horas contemplando-o da janela do quarto de seus pais, como que à espera de alguma coisa. Por entre os telhados dos galpões saía a torre inclinada de um guindaste, imóvel, inútil. Havia barcos afundados na entrada do porto, ninguém mais podia entrar ou sair. E nas barracas do mercado não havia mais nada, quase mais nada. As mesmas sombras continuavam a vagar pelas estreitas passagens, mas atualmente até cascas e raízes mofadas eram postas à venda. Nos jardins, gatos errantes se entredevoravam. Os pombos desapareceram e as armadilhas que Justine punha embaixo da calha só serviam para atrair os ratos.

Ethel reencontrou Maude no subsolo de um prédio, no bulevar que subia pela colina escarpada. Fazia seis anos que não a via, parecia uma eternidade, pois remontava ao tempo de sua adolescência. Foi Justine quem disse a ela onde Maude morava. O prédio pertencia a um velho russo irascível chamado Filatief, que ocupava o primeiro andar e alugava o térreo e o subsolo a idosos na penúria, elegantes e ultrapassados como ele próprio. A cada pessoa alugava um quarto, com a cozinha e o banheiro em comum. O cômodo era espaçoso, desconfortável, gelado no inverno, sufocante no verão, mas Maude recebeu Ethel com a jovialidade um pouco forçada que passava por afeição. Afinal, talvez experimentasse mesmo algum sentimento pela filha do homem por quem se apaixonara outrora, nos tempos em que ainda era alguém. Chegou a beijá-la sem a menor hesitação tão logo lhe abriu a porta, como se já a esperasse a qualquer momento. Algo aliás de que Ethel jamais tinha gostado, por instinto, simplesmente para não entrar em contato com aquela pele encarquilhada, já esticada umas dez vezes, para não sentir o cheiro do pó de arroz que secava nas pequenas gretas das rugas ao redor da boca e dos olhos, nem o toque meio colante do batom que Maude – contavam essa história antes da guerra quando sua eterna miséria era evocada – umedecia com banha de carneiro para que durasse.

O quarto tinha teto baixo, estava escuro, o cheiro era de pobreza e de urina de gato. Gatos, de fato, havia ali em profusão, correndo para todos os lados, sombras furtivas que se enfiavam sob os móveis, pulavam em cima da cômoda, esgueiravam-se entre os pés do velho piano desafinado. "Mimine,

Rama, Folette! Venham ver quem chegou, vamos, apareçam, é Ethel, ela não vai comer vocês!" Maude se desculpava: "Eles ficariam melhor lá fora, no jardim, o tempo está bom, mas que fazer? Por aqui há uns selvagens que os pegam para vendê-los para vivissecção. Já mataram dois, por isso sou obrigada a mantê-los trancados". Depois, abaixando a voz: "Bem que eu conheço o sacana que faz isso, mas não posso dizer nada; a época que estamos vivendo, como você sabe, é das mais esquisitas". Era a mesma de sempre, meio doida, mas divertida e cheia de energia. Uma sobrevivente de outra era, tão viva no entanto que dava para duvidar que seu tempo tivesse realmente acabado, imaginar que em alguma parte, longe daquele pardieiro e da cidade cinza, em Mostaganem por exemplo, homens e mulheres dessem prosseguimento a uma história antiga, se divertissem ao som do *cake-walk* [6] e da polca, recomeçassem incessantemente a mesma festa, erguessem a cortina vermelha quando da estreia de *Bolero*! Ela não tinha culpa de nada, pensava Ethel. Havia nela uma espécie de inocência, um apetite de viver que a absolvia de suas excentricidades e de seus erros passados.

Ethel habituou-se a visitar a vila Sivodnia. No início, ia um pouco por pena, um pouco por curiosidade. Ademais, o nome da casa era muito bonito, "Hoje", e fazia-a pensar em Xénia, naquele

6 Em inglês no original: dança de origem afro-americana que se tornou popular nos Estados Unidos, e depois na Europa, nas primeiras décadas do século XX. [N.T.]

jeito dela de aproveitar cada instante, de amar a vida sem ilusões, sem falsa amargura. E o nome combinava com Maude – não seria mais apropriado se ela mesma o tivesse escolhido.

Enfim, pouco a pouco outras razões despontaram sem que ela se desse conta. Restava a velha pergunta que nunca ousara fazer, talvez porque não a soubesse formular – nem mesmo tinha certeza de que Maude conhecesse a resposta. A longa relação que unira aquela mulher a seu pai, antes de seu nascimento, antes mesmo de Alexandre encontrar Justine. Outra época, como se diz, outra vida. Um sentimento que se arrastava como uma nuvem tardia, que enlanguescia, que se estirava ao longo de toda uma existência, sem ter nome, sem ter saída. E a lembrança de uma presença no seio da família, o fantasma de uma presença, coisa que nunca fora segredo para Ethel, embora na sua frente ninguém tocasse no assunto. Seria possível que os adultos fossem tolos a ponto de acreditar que uma criança pudesse não entender ao ouvir meias palavras, farrapos de frases, ou mesmo perante o silêncio? Ethel ainda guardava a recordação de uma noite, quando estava com mais ou menos oito anos, em que fora com Maude à estreia de *Bolero*, a música que ia em crescendo, que se inflava, com a plateia gritando em pé, vaiando ou batendo as mãos com insistência. Tudo isso parecia distante como um sonho, entretanto ressurgia estranhamente ali, no horroroso porão daquela casa, fazendo seu coração bater quando ela transpunha a porta de entrada e lia o nome Sivodnia.

Chegava de manhã, pelas dez, onze horas. Maude, que a esperava atrás da porta, abria-a antes mesmo de ela ter batido.

Muitas vezes Ethel passava vários dias sem voltar a Sivodnia, mas Maude a recebia sem reclamações.

Ao entrar pela primeira vez Ethel compreendera a extensão da desgraça na vida daquela mulher. Sobre a mesa, bem ao lado de uma pia, viu os restos da refeição que Maude partilhava com seus gatos. Miúdos, cascas, restos de pão mergulhados numa tigela de leite. Maude morria à míngua, mas nunca deixaria isso transparecer. A partir daquele dia, esforçava-se para ocultar a realidade. Sempre encontrava alguma coisa com que preparar um prato. Biscoitos velhos, que guardava havia muito tempo, algumas nêsperas roubadas, colhidas no quintal do russo, ou então a velha receita mauriciana do "pão perdido", que era embebido numa gema de ovo e tostado na frigideira, fazendo-se acompanhar de seu chá "imaginário", como ela o definia. Na chaleira avariada, uma japonesice que remontava a Pierre Loti, pelo que ela dizia, Maude inventava decocções, de flores de laranjeira ou de acácia, com pétalas de rosa ou de crisântemo, cascas de maçã e cones de eucalipto, tomilho, folhas de pimenteira-silvestre e da hortelã que ela cultivava em latas de conserva na beirada do respiradouro. Quase sempre era um chá amargo, impossível de beber. Ethel, mal o punha nos lábios, dizia: "Desculpe-me, Maude, mas para mim um chá branco não seria melhor?".

Costumava levar-lhe presentinhos, insignificâncias que não faziam falta aos Brun e que para Maude eram a própria essência vital: um pouco de arroz ou de açúcar, uns torresmos que de tão duros dariam para fazer solas de sapato, chicória, rações de gordura que os gatos lambiam gulosamente como se fossem creme.

Em pleno inverno, fazia tanto frio naquele subsolo que um vapor lhes saía pela boca quando elas falavam. Nada havia para queimar no aquecedor fuliginoso e antiquado; até os jornais velhos, apanhados por Ethel na pilha em que Justine os estocava no porão, negavam-se a pegar fogo por causa da umidade. Maude vivia enrolada em cobertores e xales, com ares de feiticeira, e dormia com seus gatos bem colados ao peito.

Nos primeiros tempos do reencontro, com o passado vindo à tona, não conversavam muito. Ethel pelo menos falava pouco e jamais fazia perguntas. Maude, muito embora se desse a uma loquacidade sem pé nem cabeça, sinuosa, imprevisível como sua vida, nunca se queixava de nada. A guerra, a ocupação pelo Exército italiano, tudo lhe era indiferente. No fundo aquilo estreitara muito pouco o horizonte de sua vida, simplesmente tornara mais complicada a coleta dos resíduos. Se antes ela não comia o suficiente para matar a fome, agora a fome a assolava, e era tudo. Seus olhos brilhavam com o arroz e o açúcar que Ethel lhe levava, mas mantinha a compostura. Quando Ethel voltava com novas provisões, Maude demonstrava uma satisfação infantil: "Mas eu ainda tenho um pouco, olhe só". Ou então: "Ah, que bom, minha vizinha, que é uma velha pobre, bem que vai precisar disso". Como se ela também não fosse velha, nem pobre, nem estivesse tão necessitada de ajuda.

Foi esse orgulho que Ethel aprendeu a admirar em Maude, pensando nos muitos anos em que aquela mulher vivera no turbilhão da música, cantando no palco, nos concertos, e até a bordo de um grande navio de cruzeiro que navegava de ilha em ilha pelo Mediterrâneo. Na ópera de Mostaganem, na Argélia, apresentando-se em primeiro plano, cantara para os colonos as operetas da moda. Conhecera o avesso da cortina vermelha que estremece antes das três pancadas. E o que lhe restava desse tempo? Nos seus olhos verde-cinza amendoados – obviamente repuxados por pinças presas nas têmporas sob a cabeleira – Ethel tentava decifrar a sequência das recordações.

Ela agora não tinha mais dúvida: a questão que a atormentava, a pergunta que nunca fizera, dizia respeito ao amor que seu pai havia sentido pela cantora no tempo em que estudava direito na Rue d'Assas, um tempo tão longínquo quanto o das vacas gordas. Teriam eles realmente sido amantes? Teria Maude chorado quando Alexandre se casou com aquela moça da burguesia de Reunião, mais nova que ela? Teria sido então que ela decidira fugir para a Argélia com o primeiro banqueiro que apareceu, como uma mulher de reputação duvidosa?

No mesmo instante, Ethel sentia certa vergonha de ter pensado em tais perguntas, mesquinhas, inquisitoriais, ignóbeis. Negava-se a ver algo de obsceno naquela pele encarquilhada imbuída de amor por um galã, um rapaz alto e elegante, com sua barba, seus longos cabelos pretos, seus olhos azuis, o incrível sotaque crioulo, a segurança de filho de dono de plantação na capital mais necessitada do mundo!

Muito raramente, Maude desenterrava relíquias. Um medalhão que ela dizia representar sua mãe, mas que bem podia ser um retrato de Gabrielle d'Estrées, um rosário de contas de marfim e, numa caixinha de sândalo, toda uma parafernália de colares e anéis de jadeíta, de lápis-lazúli, de coral, de *strass*, que parecia provir da violação de uma sepultura, mas sobre a qual Maude comentou, como se se tratasse de um verdadeiro tesouro: "Não diga nada à sua mãe, mas tudo isso será seu depois da minha morte".

Ao sair da casa dela, Ethel tivera uma leve sensação de repulsa diante da ideia de que naquele bricabraque pudesse haver um anel ou brincos presenteados outrora por Alexandre, talvez uma lembrança de família que ele negligentemente tivesse dilapidado. No fundo, não era a perda de uma joia o que a enraivecia, mas o ridículo da situação.

A singular cumplicidade entre ela e o tempo já acabado, aquela loucura dos tempos idos. Aqueles colares e amuletos e pérolas eram também as lágrimas de sua mãe, os gritos, as brigas que escutara desde a infância, uma espécie de muda impertinência que se apossara do casal, vivendo cada qual num extremo do grande apartamento, separado do outro pelo interminável corredor, como nos confins de um campo de batalha após o armistício.

Sua raiva foi tanta que Ethel passou vários dias sem voltar à casa de Maude. Justine, tendo preparado uma trouxa de roupas velhas e uma vasilha com restos para os gatos, perguntou-lhe: "Você não vai ver a Maude?". Ethel respondeu: "Por que você não vai ?". Sim, por que não? Será que aquela velha história, meio sórdida, meio estúpida, já não tinha durado o suficiente? Agora eles estavam velhos, enfrentava-se a guerra e até nos bairros mais elegantes se morria de fome. As grandes cocotes tinham virado indigentes e os bonitões se reduziam a velhos caquéticos.

Por fim ela retomou o caminho de Sivodnia e Maude a recebeu com uma humildade que a fez envergonhar-se. Sob seu ar jovial, seus gestos absurdamente lépidos, Ethel pôde ver o infortúnio da solidão, o medo da morte, o vazio. Até os gatos eram comoventes. Pela primeira vez, a gatinha amarela e branca, muito magra, pulou no colo da moça e se pôs a ronronar. Parecia que tudo estava ensaiado. Seria possível que Maude fosse feiticeira a ponto de poder falar no ouvido de seus bichos para fazê-los representar uma comédia sentimental? Como que para confirmar a armadilha, Maude preparara um lanche a seu modo, um chá sabe-se lá de quê e, soberana num prato sobre a mesa, uma única maçã vermelha, luxo inacreditável naqueles tempos.

Ethel partilhou da fruta com parcimônia, ambas a mastigar cada fatia sem descascá-la, Maude utilizando apenas um lado da boca desdentada. Foi a história da maçã, nesse dia, que encheu a conversa: "Imagine que eu estava no mercado, sabe, para as minhas comprinhas, nada de mais, uns legumes para a sopa, estes nabos, estas raízes, como é mesmo que se chamam? Parece que vêm do México, ou do Brasil, e também uns miúdos para os gatos...". Assim, era de fato ela, aquela sombra entre sombras, curvada sobre o chão (como dizia Alexandre, aquilo era "o chamado da terra") para catar entre as barracas as frutas estragadas e as verduras murchas com as quais enchia sua cesta.

Bem que a guerra poderia ter sido aquele langor, cada dia semelhante ao precedente, faltando porém um pormenor – a marcha lenta para o inverno. Ethel olhava para Justine, sentada diante da janela, na cadeira de braços salva do desastre, para aquela paisagem de palmeiras e tetos avermelhados, o guindaste que se erguia acima dos prédios, o farol em ruínas, o horizonte cor de aço. Uma paisagem tranquila, vazia, intangível, um pouco perolada de frio, que poderia inspirar versos ou servir de pano de fundo para uma canção de amor. À direita, dominando as moageiras, o grande mastro do veleiro americano afundado no começo da ocupação pelos alemães, uma espécie de apelo à compaixão geral, uma asa de albatroz abatido, a vingança de um brutamontes.

Os boatos estavam em toda parte. Ethel tinha a impressão de estar numa ilha, muito longe de tudo para que alguma coisa parecesse realmente dramática, porém suficientemente perto para que a onda de violência chegasse, os sopros da deflagração paralisando, fosse onde fosse, a vontade e a imaginação.

Ela não podia nada. Falava-se de um exército clandestino, de uma resistência dos patriotas, de soldados britânicos saltando de paraquedas nos campos. Mas onde?

Por instantes era invadida por uma necessidade de música, e não somente de ouvir sons ou de tocar um noturno. Uma necessidade física, que lhe fazia mal até o âmago do corpo. Duas ou três vezes tentara praticar no velho piano de Maude, porque era melhor praticar nas teclas de marfim, mesmo rangentes, do que nas facas de prata alinhadas na mesa da cozinha. Mas não era o piano que realmente faltava, era a vontade. "Toque, minha linda! Toque que eu canto", poderia ter dito Maude. Mas nada saíra.

Alexandre tinha abaixado a cabeça quando, pouco depois de Ethel começar suas visitas a Sivodnia, uma boa alma lhe contou que Maude ia de casa em casa, nos bairros ricos, para cantar árias de opereta e recolher o que lhe jogavam pela janela. Era terrível. Talvez Alexandre, com a cabeça entre as mãos, tivesse enxugado uma lágrima furtiva, ou pelo menos era o que Ethel gostaria de ter acreditado.

Os boatos assumiam a forma das notícias falsas que circulavam, captadas no rádio. Os ingleses, os americanos vão... As tropas aliadas começaram a repelir os japoneses no Pacífico. Os canadenses enviaram tropas. O papa declarou... O desembarque já começou na Grécia, na Calábria... Justine, agarrando-se a essas informações, delas se nutria, ao levá-las para casa com um brilho febril nos olhos. Era uma desforra sobre o tempo em que se contentava em ouvir, em concordar, no salão dos domingos, onde se limitara a dizer, numa voz tímida, que nem Talon nem Chemin eram muito de seu agrado. O tempo em que dava de ombros quando Alexandre se enfurecia, lançando invectivas contra os socialistas, os anarquistas: "Você sempre exagera tudo!".

De quando em quando eles ficavam sabendo das detenções. No Hotel Excelsior, ao lado da estação ferroviária, os prisioneiros dos alemães eram interrogados, espancados, quase afogados. Nos porões do Hotel de l'Ermitage, o palácio onde Alexandre e Justine tinham conhecido o amor, os torturados gritavam à noite com voz de cachorro, as unhas arrancadas, as mulheres eram violadas, um bastão enfiado nos alicerces, os bicos dos seios queimados com maçarico. Justine nunca falava disso, contudo os boatos deviam ter chegado até ela; desviava o olhar quando Ethel a interrogava. Era como se demônios ocupassem os pontos mais altos da cidade, vigiando as ruas. Às vezes Ethel cruzava com uma patrulha verde-cinza que marchava em passo cadenciado. Eles não se pareciam em nada com os soldadinhos italianos tão gentis que carregavam sua mochila e a ajudavam a empurrar a bicicleta pela beira-mar.

Só uma vez Ethel recebeu uma carta. Vinha do antigo cônsul dos Estados Unidos, um irlandês chamado O'Gilvy, que morava no prédio ao lado. Com ar misterioso ele entregou a Ethel um envelope reforçado, fechado por um cordel e sem nome de destinatário. Ao entreabrir a carta, Ethel reconheceu a letra fina e redonda de Laurent. Pegou o envelope, escondeu-o no bolso do mantô, um pouco para continuar com o jogo de mistério do cônsul. Abaixando a voz, o homem lhe disse: "Diga a seus pais para sair da cidade. Os cidadãos de origem britânica não estão mais em segurança, vocês devem ir se esconder nas montanhas". Depois, sem esperar resposta, afastou-se apressado, dando a entender que não deveriam mais se rever.

Na carta, Laurent, como era seu hábito, não dizia grande coisa. Falava de política, criticava a cegueira dos governos que tinham deixado acontecer o irreparável. Zombava das visitas no salão da Rue du Cotentin, de Talon, da generala Lemercier. Ela percebia em suas palavras certa irresolução, como se ele falasse sozinho. Nada dizia de sua vida, nada do lugar onde estava. Era a guerra. Não havia como responder.

Ethel leu duas vezes a carta, espantada com o fato de sentir tão pouca emoção. Era tão fria, tão distante, tão inglesa. Aquele apego ao mínimo, aquele tom ligeiramente escarnecedor... Num outro país as pessoas continuavam a tomar chá, a bater papo, tinham tempo de olhar para o céu, de discorrer sobre a atualidade. Era possível comentar a história, porque dela as pessoas faziam parte. Com a folha de papel nas mãos, Ethel relia as linhas como se fosse preciso aprendê-las de cor. Por instinto, refez o gesto de outrora e encostou a folha no rosto para farejá-la em busca de um odor familiar, talvez o odor de sua pele salgada ao sol, na areia das dunas. Depois jogou-a na fornalha do aquecedor, onde a carta queimou lançando uma chama clara, meio azulada.

Partiram de madrugada, como quem sai de mudança às escondidas. Ethel providenciara tudo, a autorização da chefatura de polícia, os tíquetes de gasolina, os salvo-condutos – o documento oficial, assinado pelo chefe do serviço de circulação no território ocupado, fazia menção a uma pessoa idosa e doente, não sendo válido senão para o dia 14 de dezembro. O velho De Dion, retirado dos calços em que estava, realizou o milagre. Percorreu quilômetros sem dar defeito, numa estrada gelada no fundo de gargantas onde pendiam estalactites. A casa dos Alberti em Roquebillière era uma feia construção de pedra, na saída da aldeia, de frente para o rio Vésubie. Alexandre chegou lá quase em estado de coma. Foi preciso arrastá-lo para o andar de cima, Ethel e Justine amparando-o por trás, madame Alberti puxando-o pela frente, e botá-lo na cama sem tirar sua roupa. Seu rosto se tornara cor de terra e os cabelos muito compridos e a barba por fazer davam-lhe o ar de um fugitivo da prisão. Justine, após passar a vida à sombra do grande homem, subitamente retomara coragem. Encarregou-se do minúsculo apartamento, limpando-o, arrumando-o, decorando-o como se aquilo ali fosse ser sua residência definitiva. Pouco a pouco Alexandre recobrou forças. Não era do tipo de se queixar. Encontrou seu lugar numa poltrona de junco, ao lado do aquecedor a lenha, para fumar seus falsos cigarros de folhas de cenoura e cerefólio. Ethel achava que a qualquer manhã Justine lhe anunciaria: "Papai morreu durante a noite".

A vida foi retomada sem que ela se desse conta. Na aldeia não havia boatos. As altas montanhas ao redor erguiam uma barreira gelada contra o mundo exterior. Os jovens partiam para dar tiros a esmo contra os fascistas na Itália como se fossem à caça de camurças, sem gabolice, mas sem se esconderem. Transpunham a fronteira por estreitas passagens que se perdiam nas nuvens e voltavam carregados de linguiças, tabaco claro, chocolate, caixas de cartuchos. Barbudos, queimados, indomáveis, vestiam-se de peles de carneiro. As mocinhas pareciam-se com as camponesas de Breughel. Ethel se arrumou como elas, para se disfarçar, mas também porque as admirava. Pelerine, saia de lã grossa, lenço preto na cabeça, tamancos. As mulheres aqui eram generosas, silenciosas. Ao chegarem à casa da viúva Alberti, recomendados pelo vigário do porto, Ethel e sua família haviam se colocado sob a proteção de toda a aldeia. Ela sabia que não iriam traí-los, que se deixariam até cortar em pedaços antes de denunciá-los.

O dinheiro faltava, mas por toda parte, na padaria, no açougue, lhes vendiam fiado. "Quando a guerra acabar...", dizia madame Alberti. Sabia-se que um dia a guerra teria fim. Aqui não era preciso andar de olhos no chão, procurando sobras entre as barracas. Não havia tesouros ocultos para trocar por relógios de ouro ou joias de família. Tudo era pobre e árido, soprava um vento cortante, nada adornava o céu de inverno, mas no interior das casas os fogões crepitavam e era gostoso sentir o cheiro da sopa, do pão sem fermento, da fumaça da lenha seca. E por toda parte ressoava a clara música do rio.

Todas as manhãs Ethel ia com a mãe às compras. Quando chegou a primavera o céu se encheu de andorinhas. O sol iluminava os picos ainda cobertos de neve e, no vale, corria uma brisa mansa que trazia o cheiro do mar, cheiro que em Ethel provocava arrepios.

O facão do açougueiro cortava a carne em lâminas finíssimas, entremeadas de gordura, e logo cobertas de moscas azuis. Justine, por causa das preocupações, como ela dizia, por causa do esforço que era obrigada a fazer todas as noites para ajudar Alexandre a ir ao banheiro, estava com uma ferida na perna direita. Ao ver aquelas mesmas moscas pousadas em sua perna, nas bordas da ferida, Ethel sentia uma profunda náusea, como se as moscas estivessem comendo sua mãe viva. Espantava-as, mas as moscas voltavam e se mantinham coladas na ferida, até mesmo quando Justine andava. Precisavam de remédios, de curativos. O farmacêutico local só dispunha de azul de metileno, com o qual havia pincelado, em vão, a perna de Justine.

Ethel olhava para os pais, Justine esticada na espécie de sofá que lhe servia de cama, Alexandre arriado na poltrona de junco, com a cabeça apoiada num travesseiro, perto do aquecedor apagado, e um número do *Temps* que datava do ano 40 aberto nas mãos, ocupando-se apenas em sonhar, em se ausentar. Era tarde demais para saber a verdade, para conhecer sua verdadeira história, como eles tinham se conhecido, por que quiseram se casar, por que tiveram a ideia de pôr uma filha no mundo. Ethel descobria que não era amor, e sim uma espécie de fraqueza, o que sentia por eles. Era um laço, talvez uma corrente, o que os unia. A qualquer momento seria capaz de deixá-los, de fechar a porta de entrada sem bater e subir na caminhonete de monsieur Nègre, o dono da mercearia, como ele mesmo lhe havia proposto, para descer pelas curvas do Vésubie até o mar. O que poderia lhe acontecer? Ela estava com vinte anos, sabia se defender, usar de astúcia e sair de enrascadas. Nos postos de controle, bastava-lhe escolher o guarda, o carabineiro que teria de enrolar. Passaria por todas as barreiras. Chegaria a La Spezia, a Livorno. Embarcaria num navio para ir até o fim do mundo, até o Canadá. Nada a deteria.

Certa manhã, em maio, ela ouviu um barulho desconhecido. A terra, as vidraças das janelas e os vidros sobre as mesas tremiam. Correu para a janela, sem perder tempo se vestindo, e puxou a cortina. Pela estrada, ao longo do rio, uma coluna militar avançava, os faróis acesos. Caminhões, carros blindados, motos, seguidos por tanques. Levantando muita poeira, como insetos a caminho de um novo território, progrediam lentamente, em formação muito cerrada. Passaram diante da casa e estavam indo para o norte, para as montanhas. Ethel ficou imóvel, quase sem respirar. Com o ruído de suas esteiras, os tanques, por trás dos caminhões, abalavam a terra. As torrinhas dos canhões estavam viradas para a frente. Pareciam brinquedos inúteis.

Justine, despertada pelo barulho, aproximou-se da janela de camisola, os braços meio afastados do corpo, os pés descalços se enrugando nos ladrilhos frios. Ethel disse num suspiro: "Eles estão indo embora". Não tinha muita certeza de quem seriam "eles", nem mesmo quando, depois dos tanques, apareceram os caminhões sem toldos em que estavam os soldados. O barulho dos motores tornou-se ainda mais inquietante. Justine puxou Ethel pelo braço. "Venha!" Falou baixinho, cochichando, como se os soldados pudessem ouvi-la lá dos seus caminhões. Ethel contudo resistia. Queria ver todos eles, até o último. Aqueles homens metidos nos seus capotes pesados, apertados uns contra os outros, extenuados, a maioria sem capacete, a cara exausta. Não houve um só que levantasse a cabeça para olhar para as janelas. Talvez tivessem medo. Essa imagem de vazio entrou no espírito de Ethel, expulsou todas as recordações anteriores. Mais tarde ela haverá de saber que os homens que entreviu da janela da cozinha, em Roquebillière, eram os restos do Exército da África do marechal Rommel em marcha para o norte, na esperança de chegar à Alemanha pelos Alpes. Saberá que seu chefe não estava no comboio, que ele já voltara para Berlim de avião, abandonando suas tropas num território hostil. Tentará imaginar o que aqueles homens sentiam, nas carrocerias dos caminhões, enquanto se dirigiam para o muro crescente das montanhas, com a vibração das lagartas dos tanques a ensurdecê-los, com os rádios mudos, sem chefe, sem ordens, para transpor a pé as montanhas nevadas do Boréon, seguidos pelos lobos.

O silêncio que se seguiu, dia após dia, mês após mês, mal era interrompido pelas notícias que lhes chegavam, filtradas, como um murmúrio longínquo. Depois, num dia de verão, o alarido de outro exército, esse triunfal, e toda a população desceu à rua para ver sua chegada, como se assiste a uma corrida. Justine acompanhou Ethel até a ponte. Por volta do meio-dia o cortejo entrou na aldeia. À frente, as motos e os jipes, seguidos por caminhões sem toldo com soldados americanos, britânicos e canadenses em pé. Nos estribos, franceses à paisana se agarravam nas portas, armados de espingardas de caça. Houve gritos e aplausos. As crianças corriam pela estrada, já tinham aprendido a lição e estendiam as mãos para chamar os soldados: *chewing-gum*! Era com seu sotaque montanhês que elas pediam chiclete: *chuine-gom-me*!

Nuvens de tabletes, pacotes de pão de arroz, latas de carne enlatada e de Spam. Justine se abaixou e com presteza apanhou tudo o que estava ao seu alcance. Mas Ethel continuou em pé, sem conseguir se mexer. Sobrecarregada, Justine depositou-lhe nas mãos um pacote de pão e uma lata de Spam. Ethel olhava sem entender. Não sentia nada, só aquele silêncio estrondoso, como depois de prolongada algazarra. Como se interminavelmente soassem as quatro batidas do *Bolero*, não as batidas do tímpano, mas das explosões, das bombas que tinham caído sobre Nice na véspera da partida, liquefazendo o piso do banheiro do apartamento e fazendo disparar todas as sirenes da cidade.

Nessa mesma noite, na cozinha de madame Alberti, Alexandre e Justine jantaram molhando parcimoniosamente suas fatias de pão na sopa, um pão branco demais, adocicado e insosso como uma hóstia, e Ethel sentia na boca o gosto da carne rosada do Spam, cingida por uma orla de espuma amarela que derretia em sua língua.

Laurent voltou da guerra. Uma semana antes chegara um cartão, um pedaço de cartolina impresso pelo comando das tropas britânicas na França, indicando simplesmente a data e a hora de sua chegada pelo trem de Paris. O cartão especificava a chegada à estação ferroviária de Nice, mas todo mundo sabia – exceto sem dúvida os que a tinham bombardeado – que a ponte sobre o Var não existia mais, que os trens já não podiam passar.

Ethel pegou sua bicicleta e pedalou pela beira-mar até a foz do rio Var, onde antes estava a ponte Bailey. A chegada do trem estava prevista para as onze horas, mas desde as nove ela estava lá, sob o sol já muito forte. Por baixo dos pilares da ponte em ruínas o rio havia engrossado com o derretimento das neves e estendia sobre o mar uma grande mancha de lama. Bandos de gaivotas esvoaçavam por cima do estuário em busca de comida. A ponte provisória se erguia em dois planos com uma aresta no meio, no ponto em que o rio é mais estreito, mas a estrada que levava até ela mais parecia um vinco feito por rodas no terreno da margem. Soldados tentavam organizar o trânsito, pesados caminhões penavam para subir o plano inclinado, com os freios chiando na descida. Toda uma multidão tentava atravessar, casais, crianças, viajantes carregando malas. Ethel, empurrando sua bicicleta, conseguiu passar. Com o barulho dos motores, os faróis acesos, a poeira e a fumaça amarga do gasogênio, tinha a sensação de que a paz ainda não chegara.

Na Gare de Saint-Laurent também imperava o caos. As locomotivas manobravam para voltar a partir, os maquinistas gritavam, os chefes da estação, com seus apitos, davam ordens contraditórias e até as agulhas das linhas férreas pareciam queixar-se. Os trens que voltavam para Marselha iam tão carregados que as rodas motrizes patinavam sem sair do lugar, lançando feixes de fagulhas, para grande alegria das crianças.

A cada trem que chegava, ondas de homens e mulheres se comprimiam nas plataformas para tentar passar pelo gargalo estreito da porta. Soldados uniformizados e prisioneiros libertos, alguns cheios de curativos. Ethel se erguia sobre a ponta dos pés. Não sabia exatamente por que tinha vindo, talvez Laurent chegasse por outro lado. Contra sua vontade, seu coração batia rápido, e ela se dizia que estava se comportando como uma sentimentaloide, como uma noiva. Para ficar em paz com sua consciência, concluíra que, de todo jeito, mesmo que não reencontrasse Laurent, sempre poderia voltar com alguns legumes comprados dos hortelões das margens do rio. Era o único lugar onde ainda se encontravam cenouras, nabos, bredos. Com sorte, até meia dúzia de ovos.

Todos os passageiros do trem que vinha de Paris tinham descido. Em torno de Ethel, a multidão se dispersava. Olhares a perscrutavam e às vezes alguém a observava sorrindo, esperançoso. De repente, quando já estava indo embora, ela o viu. Laurent, no final da plataforma, esperava. Uma silhueta estranha, com o uniforme meio grande para seu corpo magro, a calça cáqui muito folgada e a maletinha na mão, como ao desembarcar na Bretanha vindo de Newhaven. Ethel teve vontade de rir, achando que havia nele alguma coisa de um Carlitos soldado.

No instante seguinte eles já se beijavam, não com o beijo apaixonado de dois namorados que se encontram depois de uma longa ausência, mas num abraço bem viril, os braços de Laurent passados pelos ombros de Ethel para apertá-la com força contra o peito.

Ethel se perguntava se sentiria alguma coisa, pelo menos um pouco da lembrança do último verão em Le Pouldu, o contato com a aspereza do dólmã e o cheiro daquele homem cuja voz ecoava em seu peito. Tentava chegar ao tempo passado, quando os dois se deitavam na areia da duna e podiam acreditar que tudo seria fácil, que aquilo duraria por toda a vida.

Laurent, como era de seu feitio, estava distante e rígido. Ao vê-la, quase lhe apertara a mão, tratando-a com cerimônia. Durante a ausência, pensara nela a todo instante, no cheiro de seu cabelo, no gosto de sal em seus lábios, na areia incrustada em seus poros. Escrevia-lhe poemas que não conseguia mandar.

O silêncio construíra entre eles uma parede invisível. Laurent se envergonhava um pouco de ter esquecido a foto de Ethel na parede da caserna em Southampton, onde a havia espetado, no começo, para fazer como os outros.

Em seguida houve o percurso de bicicleta pela beira-mar, desde a margem do rio, mas nada ali se assemelhava às trilhas de Le Pouldu. A calçada da Promenade estava obstruída por zigue-zagues, arcos de arame farpado, guaritas abandonadas. Em vez de esperar por um lugar nos ônibus superlotados, eles partiram pela estrada. Laurent pedalava de pernas abertas e Ethel ia sentada no quadro feito uma amazona, um braço passado pelo pescoço dele. A maleta ia na garupa, pendurada na cesta de legumes! Era engraçado, era épico. Com excesso de peso, a velha bicicleta gemia e dava guinadas. Pararam várias vezes para descansar no muro de contenção, as pernas penduradas no vazio, diante do mar. Ao longo do caminho os pedestres notavam aquele jovem casal, o soldado britânico de cabeleira ruiva e sua noivinha francesa de fichu e tamancos. Quando batiam palmas, Laurent lhes respondia com toda a seriedade, fazendo o V da vitória de Churchill. Apareceu até um repórter fotográfico para registrá-los num flagrante que talvez tenha vendido para ilustrar a primeira página do jornaleco local e para depois – quem sabe? – dar a volta ao mundo.

Ethel ria. Fazia tanto tempo que não ria que devia ficar com lágrimas nos olhos, mas era bom. Assim o coração deles despertava, saía da hibernação. Reencontravam cada segundo de memória, embora não fosse a inocência. Lembravam-se de ter sido felizes.

Uma única vez Laurent foi visitar os Brun no apartamento da água-furtada. Justine o recebeu com um "nosso salvador" excessivo e Alexandre não pareceu reconhecê-lo. Embora não saísse de seu mutismo, na hora da despedida apertou as mãos de Laurent sem querer largá-las, com uma expressão angustiada no olhar. Talvez entendesse que estava perdendo Ethel para sempre.

Antes de voltar para Paris – dessa vez num ônibus da empresa de Marselha –, Laurent perguntou a Ethel: "Você virá viver comigo no Canadá?". Ela não respondeu. Nem pediu que ele explicasse o que queria dizer com "viver comigo". Ser sua amante ou sua esposa? Laurent lhe deu seu último poema, escrito na véspera de sair da Inglaterra. Uma folha de papel amarrotada e úmida, que tinha um cheiro bem estranho, como que de suor ou fadiga.

O texto a lápis já estava quase apagado. Ela leu:

A cada segundo penso em você sem motivo
Seus olhos sua voz
Esse jeito tão seu de não completar as frases
O cheiro de seu rosto
Seu cabelo molhado

A maré que cobria nossos corpos estendidos na areia

Os espinhos que eu tirava dos seus pés quando andamos nas dunas

Você viveu cada segundo comigo na vulgaridade das casernas de Southampton

De Portsmouth

De Penzance

E amanhã vou tocar o solo da França

Vou tocar em você.

Adeus

à França, adeus ao passado. Adeus a Paris.

Antes de partir para Toronto, Ethel andava por aquela cidade que conhecia melhor que ninguém no mundo, que amava e detestava mais do que qualquer outra coisa. Respirava o ar quente, à beira do Sena, e olhava a água cintilar entre as folhagens das castanheiras. Havia no céu uma leveza, as cúpulas e as torres pareciam flutuar por cima do telhado das casas. Cruzava com pessoas de todo tipo, grupos de meninas risonhas, vulgares, zombeteiras, ou rapazes que lhe lançavam olhares insistentes, apesar do velho mantô marrom sob o qual ela se escondia. Nas esquinas, nas entradas das casas, nos terraços dos bistrôs, muitos senhores conversavam fumando. Comentavam as notícias ou os resultados das corridas com o mesmo entusiasmo que teriam se fosse seu futuro que estivesse em questão. Ethel tinha a impressão de estar numa capital estrangeira.

Para os lados da Rue du Cotentin, em compensação, nada havia mudado. O banco alugara o apartamento e o ateliê. Muita gente enriqueceu, ao que parece, comprando a preço baixo os bens dos colaboracionistas em fuga. E Chemin? E Talon? Ethel estava convencida de que haviam se safado. Sem dúvida haviam dado a impressão de administrar da melhor maneira possível os bens confiscados aos judeus. O ateliê de mademoiselle Decoux agora era ocupado por um corretor de seguros. Ethel pensou nos animais. Como teriam podido sobreviver? Com certeza haviam ido parar na panela, como a maioria dos gatos de Paris. Parecia-lhe, enquanto avançava por entre os muros de seu bairro na direção do liceu da Rue Marguerin, que fantasmas se infiltravam no meio dos passantes, que roçavam seu corpo, que a espiavam por trás das cortinas das janelas. Nos números 32 e 34 da Rue de l'Armorique, o prédio que custara o futuro dos Brun estava enfim concluído. Era uma construção alta com paredes-meias à esquerda e cinco andares numa pedra triste semelhante a cimento, janelas quadradas e uma espécie de muralha feia e cega que parecia estranhamente acanhada, como se com os tempos de infortúnio o que fora edificado tivesse comido a terra. À direita, a residência de Conard, o inimigo jurado da Casa Malva, estava ao abandono. Podia-se apostar que dentro em breve também ela seria demolida para dar lugar a um prédio. Ethel não parou. Nem procurou ler os nomes dos moradores nas caixas do correio. Sentia um triunfo amargo, uma vez que ela é que impedira o arquiteto de acrescentar ao conjunto o menor embeleco, ao recusar tudo, os acantos e as cariátides, os mosaicos e os frisos decorativos.

Sobre o lintel da porta de entrada, só restava o nome escrito, ridículo, vagamente mortífero: *A Tebaida*.

Num gesto inesperado, sob a chuva, Ethel pediu a Laurent, antes da partida, que a acompanhasse ao cemitério de Montparnasse, em busca do túmulo de seu tio-avô.

O zelador folheou o registro das concessões perpétuas e indicou o local: "Certamente não vão deixar de encontrá-lo, fica ao lado do arcanjo Gabriel". De fato deram com uma lápide de mármore cinzento, sem ornamentos mas com nomes gravados, alguns ainda legíveis, outros quase apagados. O nome de Samuel Soliman era seguido de duas datas: 8 xbro 1851-10 VIIbro 1934. Nada além do nome, e o rumor de sua lenda.

De monsieur Soliman ela guardou apenas uma foto, a de um velho vestindo um paletó antiquado, com um chapéu mole na cabeça, suíças e bigode. A seu lado, uma menininha bem-comportada, de cabelo anelado, que usava um vestido reto, com gola de marinheiro, e segurava um arco maior que ela – Ethel. Verdade é que de certo modo ele se parecia com o arcanjo Gabriel, alto e forte, as suíças ao vento, como asas, e a bengala na mão direita, qual uma espada.

Por um bom tempo eles ficaram diante da lápide, ouvindo as gotas tamborilar no guarda-chuva. Um vapor subia do cemitério, um cheiro de terra e mato. Em alguma parte, nos renques de loureiros, ouviam-se os pios dos melros. Bem que aquele poderia ser um lugar ao qual voltar com frequência, pensou Laurent, como se visita um parente idoso. Munido de uma escova de dentes e de uma espátula, para limpar, consertar rejuntes. Para passar um lápis de ponta grossa sobre as letras ilegíveis. Mas ele, que não dispunha de jazigo familiar onde se recolher, nem de uma concessão perpétua, nem mesmo de uma simples lápide que levasse escrito o nome de sua tia, sentiu um aperto no coração. Nada que o ligasse àquele solo.

Laurent e Ethel se casaram muito depressa, quase sem pensar. Na igrejinha de Saint-Jean-Baptiste-de-La-Salle, sob o mosaico de Lelouët de que Alexandre costumava zombar – "Esse 'deixai vir a mim as criancinhas' me lembra mais um elevador para os mortos!".

Laurent Feld não fez objeção de consciência. Afinal de contas, Jesus também era judeu! A testemunha de Laurent foi sua irmã Edith; a de Ethel, o velho padre da época de sua primeira comunhão.

Ethel bem que gostaria que tivesse sido Xénia, mas os anos de guerra erradicaram, apagaram tudo. Xénia e Daniel Donner estavam ausentes, haviam partido sem deixar endereço, foram-se para o outro lado do mundo, ou talvez para a Suíça.

Justine não pôde ou não quis ir. Seus pretextos foram Alexandre, cujo estado de saúde tinha piorado muito ultimamente, a falta de dinheiro e o cansaço. Mas devia ser vergonha, ou qualquer coisa do gênero. Não queria rever a cidade de onde fora expulsa, sentia aversão e despeito. "Para quê? Você nem mesmo vai morar em Paris." Ethel fingiu que acreditava.

"Então você irá visitar a gente lá." Justine prometeu que iria. Mas tomar um navio, o trem... Era uma separação definitiva.

Paris, em agosto, estava assolada pelo calor, ébria da nova liberdade. Bandeiras, bandeirolas. Nas ruas ainda desertas, os blindados dos britânicos, dos americanos, dos canadenses, seguidos pelos carros degringolados das Forças Francesas do Interior. De ônibus, os patriotas atravessavam as praças agitando bandeiras. No meio da multidão, Ethel foi agarrada e puxada por um grupo de homens, como se uma torrente violenta a arrastasse. Sua mão procurava a de Laurent. Fizeram-na rodar, dançar, valsar ao som de uma orquestra que se ocultava entre arbustos. Um homem beijou-a com brutalidade, desajeitadamente, suas mãos a apalpavam, tocavam seus seios. Ela se debateu aos gritos e os homens saíram correndo, perderam-se na noite. Ethel se aconhegou em Laurent, com as pernas trêmulas e o coração batendo em disparada. Quando Laurent lhe disse que eram soldados canadenses, estranhamente ela sentiu um certo prazer, riu. Eram aqueles, então, os seus novos compatriotas! Quase teve vontade de revê-los, de saber o nome deles.

Nos dias que se seguiram ao casamento, andaram por toda parte, foram de hotel em hotel. Ao acaso, de bairro em bairro. Hotel Blomet, na rua de mesmo nome. Hotel Fleuri, na Rue Falguière; Hotel Plomion, na Rue de Vaugirard; Hotel du Voyage, na Rue Dutot. Perto das gares, Hotel Édimbourg, na rua de mesmo nome; Hotel des Voyageurs, na Rue Jean-Bouton; Hotel de Bretagne, na Rue du Départ. No Quartier

Latin, Hotel Louisiana, na Rue de Buci; Hotel des Balcons, na Rue Monsieur-le-Prince; Hotel des Écoliers, na Rue Serpente. Depois, no norte da cidade, no bairro da Goutte-d'Or, em Montmartre, nas Buttes-Chaumont. Os quartos eram pequenos, superaquecidos, mas nos banheiros só era possível tomar duchas frias, por falta de carvão para esquentar a água. Chegavam sem bagagem, Laurent levando na valise apenas seu barbeador, a roupa de baixo e alguns produtos de beleza para Ethel. Muitas vezes, ou bem o olhar do zelador se enchia de malícia, ou bem a proprietária lhes dizia, com um jeito de quem tinha entendido: "Ah, esses pombinhos", ou qualquer coisa do gênero. Ethel estava pouco ligando: "Você viu só? Estão achando que não somos casados!". Mas ele levava na brincadeira. Inclusive fazia questão de se enganar quando escrevia na ficha de registro: Mademoiselle... e logo em seguida corrigia: Madame.

Antes haviam planejado outras viagens, ir à Irlanda, explorar a Bretanha. Agora se contentavam em rodar por Paris de ônibus. Faziam piqueniques nas margens do Sena, avançavam até o Marne. Uma tarde Ethel resolveu levar Laurent até o lugar onde antigamente se encontrava com Xénia, na Allée des Cygnes, e lá pôde rever, de pé como uma estátua de gesso já lascada, o velho sátiro que espia os namorados nos cercadinhos de arbustos.

Puxando Laurent pela mão, Ethel guiou-o até a árvore-elefante, de onde se vê muito bem a torre Eiffel. Ali continuaram em pé, porque os bancos tinham sido roubados e a beira do rio estava lamacenta demais para que se sentassem.

As barcaças passavam lentamente, levantando com a roda de proa uma onda de água suja. Ethel queria mostrar a Laurent tudo aquilo de que gostava, os cabelos de algas na correnteza, os turbilhões de luz, as flores de espuma agarradas às raízes submersas. Mas Laurent não dizia nada. Acendeu um cigarro, em seguida jogou-o de um peteleco no rio. Não queria ficar ali, e por um instante Ethel pensou que era por ciúme, porque ela viera àquele lugar na companhia de Xénia.

Um pouco mais tarde, no quarto do Hotel des Entrepeneurs, na rua de mesmo nome, ele se explicou: "Para mim é um lugar horrível. Bem defronte está o Vélodrome d'Hiver, para onde minha tia Léonora foi levada pela polícia, com todos os judeus de Paris, para ser deportada para Drancy. Não aguento vê-lo, chegar perto, você entende?".

Ethel não entendia. Por que não soubera de nada? Se dava conta do motivo que fazia Laurent querer partir para não voltar nunca mais. Não era pela aventura, nem pelo fato de ter conseguido emprego no Canadá. Também para ela, não haveria regresso.

Uma única vez ele levou Ethel ao apartamento da tia, na Rue de Villersexel. Nunca apresentara Ethel à tia, por timidez ou por nunca ter tido ocasião. Subiram pela escada até o segundo andar, o elevador estava enguiçado desde o começo da guerra. Era um prédio bonito, de tijolos, um hall de entrada com vitrais e portas trabalhadas, as escadas de madeira escura forradas por um tapete vermelho, velho e puído pelo uso. O lugar estava em silêncio, inquietava um pouco. No segundo andar, Laurent parou diante de uma porta. Acima do botão da campainha, uma placa de cobre na qual Ethel leu um nome: Visconde de Adhémar de Berriac. Disse para si mesma que era bem parecido com os famosos patronímicos mauricianos. Plantado à porta por um instante, Laurent parecia refletir. "Não vai tocar?", Ethel perguntou. O rosto dele se contraiu. "Não adianta, eles não sabem de nada. Edith já perguntou. Acabam de se mudar para cá. Ninguém aliás sabe de nada, é como se minha tia nunca tivesse vivido nesse apartamento." Lentamente deu uns passos atrás, os olhos sempre grudados na porta, uma porta bastante feia, de verniz descascado, com a base marcada por golpes, quem sabe as marcas dos policiais que, de impaciência, teriam chutado a porta com as botinas esperando que a velha senhora vestisse o penhoar? Não voltaram a falar no assunto nem no restante daquele dia nem nos que se seguiram. Tampouco se aproximaram da Allée des Cygnes ou da ponte de Grenelle. A cidade ecoava, como um salão apinhado, com o alarido da festa e a embriaguez de ser livre. Ouviam-se o ronco dos motores, as buzinas, a música dos cafés, os bailes populares na Bastille, na praça Maubert, na porta Saint-Antoine. Laurent no entanto não conseguia parar de pensar naquela chaga aberta, naquela zona de silêncio no centro de Paris, a pavorosa pista de ciclismo, as arquibancadas, as portas que se fecharam por trás de tantos homens, mulheres e crianças. Apreendidos em casa ao raiar do dia e levados sem desconfiar de nada, inconscientes do que os esperava. A quem os policiais, fazendo-se de boa gente, haviam dito: não liguem, é apenas um controle, vocês sabem como é, são as novas leis, é para o seu bem, sua própria segurança, o governo está lhes dando proteção, não precisam temer coisa nenhuma, não precisam levar nada, à noitinha vocês já estarão em casa.

Laurent falou sobre a prisão de Drancy, e era a primeira vez que Ethel ouvia esse nome – grandes construções ao norte de Paris, erguidas antes da guerra para servir de quartel aos gendarmes franceses, quanta ironia, e nas quais Daladier mandara trancar os comunistas. E o que tia Léonora tinha a ver com os comunistas? Depois Laurent não disse mais nada, talvez porque nada mais soubesse. Na delegacia do bairro, na chefatura de polícia, todos se mantinham calados. Prudentemente se referiam a uma investigação em curso, sugerindo de maneira cortês a apresentação de uma queixa. Onde estariam os responsáveis? Em fuga, ou quem sabe mortos durante a Libertação, enforcados nos postes das esquinas? Haveria processos, com certeza, e condenações. Mas o silêncio que abria uma fossa no coração de Paris, defronte da Allée des Cygnes, como poderia se desfazer?

Laurent estava mudado. Não era mais o rapazola que Ethel conhecera outrora, que corava por nada e de quem as moças zombavam. Algo se endurecera nele. Durante suas noites de núpcias pelos bairros, falava pouco. Tomava o ônibus com Ethel, andava pelas ruas a passos rápidos. Logo que arranjava um hotel, arrastava-a para o quarto. Tinha pressa de fazer amor, até que seus corpos ofegantes, encharcados de suor, mergulhassem numa espécie de insensibilidade próxima da dor.

Ethel nunca havia imaginado que se pudesse ficar naquele estado. Era ao mesmo tempo brutal, animal, e pleno de emoção e de desejo. Ela se entregava, como da vez em que, na multidão, fora puxada para a dança pelos soldados canadenses. Agora era ela que pedia, que exigia. Ventre contra ventre, apertava-se contra Laurent, ambos de pernas entrelaçadas para formar apenas um, partilhando a mesma pele. Respiravam num só ritmo, tremiam com a mesma energia nos tendões e músculos. Mal terminado o ato, Ethel encarava Laurent com olhos febris e sem sorrir. "Vamos recomeçar?" Como se a cada vez que retomava pé ela fosse de novo tragada pela torrente.

Eles não se falavam mais. Uma vez ele contara fragmentos de sua guerra. Uma operação no norte da França, ao longo de um rio do qual nem sequer sabia o nome. Prisioneiros por toda parte, andrajosos, famintos, assustados, caras imundas de olhos claros, mais semelhantes a mendigos, a assassinos.

Talvez nem tenha havido guerra, pensava Ethel. No que tocava a ela e sua família, que haviam errado pelas estradas e depois foram se esconder nas montanhas. Tinha havido apenas crimes, crimes e criminosos, bandos espalhados pelos campos para matar, saquear e violar. Ela nada contou a Laurent sobre a fome que roía a barriga dia a dia, sobre os velhos que brigavam por restos entre as barracas dos mercados na Côte d'Azur, sobre os vales distantes da costa onde a vida se tornara mais lenta, sobre os enxames de moscas que devoravam a perna de Justine. Não era nada fácil contar essas coisas. Tudo aquilo acontecera num outro mundo.

As notícias sobre Xénia chegaram de modo totalmente inesperado. Laurent leu um número da revista *L'Illustration* no qual se falava de um evento mundano, um desfile de modas em Paris, no Bois de Boulogne, no Relais. A foto não estava muito boa. Mostrava várias moças da fina flor da burguesia, mas o comentário se centrava na condessa Chavirov. Ethel telefonou para o Relais, depois para a agência, e conseguiu contatar Xénia. Pelo telefone, sua voz era a de sempre, meio grave, meio rouca. Havia uma hesitação. Mesmo assim marcaram um encontro, não na Allée des Cygnes, mas no terraço do Café du Louvre. Isso também marcava a mudança.

Ethel chegou primeiro e não foi sentar-se logo. Nem mesmo estava muito certa de ter vontade de ficar. Xénia veio sozinha. Parecia mais alta, mais magra. Não usava um vestido extravagante, e sim um sóbrio tailleur cinza, com a cabeleira enrolada em coque. Ethel não a teria reconhecido. Quando se beijaram, Ethel notou que ela não tinha mais aquele cheiro de pobre que antes fazia seu coração bater de emoção. Falaram disso e daquilo, como que para evitar o passado. O olhar de Xénia era sempre o mesmo, mas com uma ponta de frieza.

"E você?"

Acabara de falar de seu casamento, do negócio de alta-costura que pretendia montar, do apartamento comprado por Daniel num bairro elegante, perto da Torre Eiffel. Pouca atenção dava ao que Ethel dizia. E tinha uns tiques nervosos que Ethel não conhecia: ora esfregava a mão na testa, ora estalava as juntas dos dedos.

Batia sol no terraço, fazia muito calor. Pouco a pouco as duas voltaram à animação de outrora. Xénia não perdera seu jeito de mudar sem mais nem menos de assunto e já zombava das meninas de saia curta sentadas com soldadinhos americanos. "São as mesmas que no inverno passado transavam com os alemães!" Evocaram a época do liceu da Rue Marguerin, os inspetores, o professor de francês que gostava de passar cantadas, mademoiselle Jeanson, cujo vestido se levantava ao vento, e certas colegas que tinham se casado por estar grávidas, outras que haviam arranjado emprego no Ministério da Marinha ou nos Correios. Quando falou de Laurent e de sua vida nova com ele no Canadá, Ethel teve a impressão de que Xénia não estava gostando. Não chegava porém a imaginar que Xénia pudesse estar com inveja dela, que fosse dessas pessoas que não aceitam a felicidade dos outros. "Fico muito contente por você, pois francamente..." O que ela estaria querendo dizer? Xénia continuava, mas dessa vez sem sarcasmo. "Sabe, quando eu conversava com as outras, no liceu, a gente achava que você ia se dar mal, que ia ser como a Karvélis, ou então como aquela mulher que esculpia gatos da qual você me falou, como era mesmo o nome dela?" Ethel se espantava, olhando para Xénia, de não se sentir encabulada. No fundo preferia que tudo terminasse de maneira banal. Desvanecida a graça da extrema juventude, só restava em Xénia uma mulher como as outras, ainda bonita, decerto, mas um tanto vulgar, um tanto maldosa, provavelmente insatisfeita. Era melhor assim. Ninguém pode passar a vida adorando um ícone.

Nesse momento chegou Daniel Donner, que não era como Ethel imaginara. Era alto, moreno, elegante, sério. Sentou-se na frente de Xénia para tomar um expresso. Não falava muito, fumava um cigarro atrás do outro, limpava pausadamente os óculos. A certa altura, como Ethel se referisse ao trabalho de Xénia, à possibilidade de ela criar sua grife e de estender seus projetos à América, Daniel interrompeu-a: "Quanto a mim, tudo o que eu quero é levar uma vida normal". Ethel se sentiu ofendida pela amiga, que no entanto não parecia interessada em saber o que seria, para aquele rapaz, uma "vida normal". Com Daniel em suas mãos, tendo-o como sua propriedade, Xénia estava disposta a aceitar tudo. Ethel logo compreendeu que a amizade entre as duas deixaria de existir. Isso lhe foi confirmado no momento seguinte, por um breve olhar que Xénia e Daniel trocaram, como se dissessem um para o outro: "E então, vamos?".

Ethel se levantou precipitadamente e fez questão de pagar a conta. Apertou a mão de Daniel, fez um gesto ligeiro para Xénia e, como lembrança de outros tempos, balbuciou: *Da svidániya?* Talvez sentisse confusamente que também se tornara uma egoísta. Saiu às carreiras, como se estivesse atrasada.

Alexandre morreu naqueles dias, enquanto Laurent e Ethel vagavam de hotel em hotel pelas ruas de Paris, inencontráveis. Um edema tomou seus pulmões e a asfixia o levou. A guerra dos micróbios tinha se prolongado além dos bombardeios, do armistício. E os vitoriosos haviam sido eles.

O enterro foi em Nice, num cemitério novinho nas elevações a oeste, muito longe da cidade, uma necrópole para estrangeiros, com meras gavetas de concreto na encosta de um morro. Não havia alternativa. O jazigo de Montparnasse, onde dormia monsieur Soliman, era inviável, não havia caixões forrados com chumbo para a viagem de trem e, além do mais, fazia muito calor. Quando enfim Ethel chegou, o corpo de Alexandre já estava no necrotério. O funcionário explicou que era por causa do cheiro, que havia urgência. Ajudada por Laurent, ela cuidou de tudo e, com dinheiro emprestado pelo marido, pagou todas as despesas. Na tampa da gaveta mortuária, recusou toda e qualquer fraseologia, para escândalo do papa-defunto: "Pelo menos um *Requiescat in pace*, senhorita, é o mínimo". Com certeza ele era pago por linha. "Não, não, meu pai detestava latim. Ponha somente o nome, a data de nascimento, a data da morte, e pronto". Ela reencontrara o tom com o qual recusara as cariátides na fachada da Rue de l'Armorique.

Num instante todos, ou quase, estavam novamente em casa de Justine. As tias mauricianas, os primos do lado Soliman e até o coronel Rouart e a generala Lemercier, que tinham reprimido seus antigos rancores. Tudo aquilo podia dar a ilusão de uma família restaurada, como se nada houvesse ocorrido, ou como se a morte de Alexandre tivesse livrado as pessoas de sua inépcia, como se para elas ter estado no drama e no horror que só havia pouco findara não tivesse o menor significado.

Ethel olhava-as atentamente, procurando ligá-las ao passado, à época de sua infância. Mas o espírito já não estava presente ali. A brecha não podia mais ser tapada. Tinha pressa de partir para o outro extremo do mundo, de começar enfim a viver.

Após o velório e o funeral, Justine organizou uma pequena reunião no apartamento. Não era o salão da Rue du Cotentin, com seus torneios de canto e as conversas brilhantes. Mas, pela janela da mansarda, novamente se viam, no mar ao longe cintilante, os veleiros e as traineiras que voltavam da pesca, os cargueiros da Córsega rumando para o cais de Villefranche. Imóveis ao largo, como cérberos, os cruzadores britânicos e americanos. Na área do porto, a reconstrução tivera início, demoliam-se a marreta os muros de proteção, as plataformas dos canhões, e sobre a torre de Meccano, à noite, o olho do farol já estava outra vez piscando.

"Por que você não vem morar com a gente?", perguntou Ethel de novo. Justine nem sequer soltou um suspiro. "Mas o que eu faria lá? Seria um estorvo... Já estou muito velha, muito cansada. Vocês é que virão me ver de vez em quando, espero."

Teve um gesto instintivo, quase chocante, quando pousou a mão aberta sobre o ventre de Ethel: "Quando ele nascer, avise-me, para que eu faça uma oraçãozinha". Como ela havia adivinhado? Sua menstruação estava atrasada, mas ela ainda não tinha certeza; nem mesmo falara sobre isso com Laurent. Justine deu um sorrisinho cúmplice, uma espécie de esgar enternecido: "Escreva para me dizer se a barriga cresce pontuda, porque assim vou saber que é menino".

Era ela, dessa vez, quem estava com a razão. Ela já pertencia àquela cidade. Debruçando-se na sacada de seu quarto podia avistar ao longe a baía junto ao morro abrupto onde Alexandre tinha sido enterrado. Na pequena água-furtada, reunira todas as lembranças de sua vida em comum, os objetos, os livros, os móveis que sobreviveram à mudança e ao leilão. Quadros, gravuras. Um desenho a esfuminho feito por

Samuel Soliman aos dezessete anos, antes de sair de Maurício, representando o Pieter Both ao luar. No corredor, pendurara religiosamente a coleção de bengalas-espadas que havia atravessado a França de carro. Após a morte de Alexandre, Justine desenvolvera grande tirocínio para os negócios. O que restara da herança do tio, posto em títulos de renda vitalícia com um notário, permitia-lhe sobreviver. Graças a isso pôde continuar a dar algum dinheiro a tia Milou e facilitar sua entrada num asilo religioso. As outras tinham com o quê se safar. Talvez já houvesse perdoado Maude, a quem sempre mandaria uns pacotinhos para que ela não morresse de fome. Uma ou duas vezes por semana, chegaria até a tomar o caminho de Sivodnia.

Hoje

É o fim do dia, talvez. Em julho, em Paris, o calor torna sufocantes os quartos de hotel. Para escapar à asfixia, caminho desde cedo até a noite, ando ao acaso pelas ruas.

Não fui ver os monumentos. De certo modo não me sinto um turista. Algo me liga outra vez a esta cidade, sem que eu possa saber o quê. Um sentimento estranho, entre desconfiança e culpa – ou talvez seja despeito amoroso. Por instinto meus passos – e as mudanças de ônibus – levaram-me ao sul da cidade, ao bairro que conheço tão bem por ouvir dizer. É aquela sucessão de nomes de ruas, bulevares, avenidas, praças e pracinhas que minha mãe repetia desde a infância e aprendi de cor. Todas as vezes que ela rememorava Paris, eram estes nomes que vinham à tona:

RUE FALGUIÈRE

RUE DU DOCTEUR-ROUX

RUE DES VOLONTAIRES

RUE VIGÉE-LEBRUN

RUE DU COTENTIN

RUE DE L'ARMORIQUE

RUE DE VAUGIRARD

AVENUE DU MAINE

BOULEVARD DU MONTPARNASSE

E também:

RUE DES ENTREPRENNEURS

RUE DE LOURMEL

RUE DU COMMERCE

NOTRE-DAME-DU-PERPÉTUEL-SECOURS

Procurei o lugar onde antigamente ficava o Vélodrome d'Hiver.

Hoje aquilo se chama Plate-Forme.

Uma esplanada alta, desértica, varrida pelo vento, onde algumas crianças brincam. Altos edifícios a rodeiam, torres de quinze andares em tal estado de estrago e abandono que acreditei a princípio estarem condenadas. Depois vi roupa secando nas sacadas, antenas parabólicas, cortinas nas janelas. Nas jardineiras, gerânios ressecados.

É um deserto, uma terra de ninguém em suspenso. Os imóveis ostentam nomes extravagantes, ridículos, pretensiosos, um cenário de ficção científica: chamam-se Îlot Orion, Tour Cassiopée, Bételgeuse, Cosmos, Oméga, Tour des Nébuleuses, Tour des Reflets. Antigamente teriam posto nomes de deusas gregas, indianas, escandinavas. Na época em que construíram aquela Plate-Forme, os arquitetos sonhavam com o espaço, regressavam de outros mundos, tinham sido abduzidos por extraterrestres – ou então iam demais ao cinema.

Ando pela Plate-Forme fendida. Não há sombra, o cimento e as paredes dos prédios refletem uma luz chapada que faz mal. Os garotos de ainda há pouco se juntaram a mim, o barulho de suas vozes ressoa com uma espécie de eco. Um deles, ouvi os outros dizerem seu nome, Hakim, se aproximou: "Tá procurando o quê, hein?". É provocador, agressivo. Essa esplanada abandonada, essas torres, tudo pertence a eles, é seu terreno de brincadeiras e aventuras. Aqui, sob seus pés, há cinquenta anos, passou-se uma coisa atroz, impossível de imaginar, imperdoável. Talvez as mesmas vozes das crianças que brincavam de correr entre as fileiras de cadeiras, que riam, que se chamavam umas às outras, e o mesmo eco que ressoava contra os muros fechados do estádio, por cima das queixas e recriminações das mulheres. Pedaços de concreto caíram das fachadas sobre a Plate-Forme. O edifício Tour des Reflets é revestido de pastilhas em tom turquesa. Já o Orion é azul-noite. O Cosmos é cortado por varandinhas compridas que têm por adorno uma roda na qual se fixa uma espécie de cruz alceada, outrora cor de ouro, que lembra o signo *ankh* dos antigos egípcios. São as pirâmides de nossa era, tão cheias de vaidade e tão inúteis quanto suas gloriosas antepassadas – e certamente menos duráveis. Todo o quarteirão é dominado por uma torre imensa e estreita, cilíndrica, semelhante a um minarete. Por sua posição, calculo que esteja quase exatamente no centro geométrico da pista do antigo velódromo.

No final dos terraços, depois do restaurante chinês abandonado, das deterioradas escadarias de Bérénice (outro nome bem estranho), reencontrei a cidade, que está por baixo da Plate-Forme. As ruas cobertas, as garagens, a estação Fina, um superqualquer coisa e uma série de escritórios vazios, que inspiram desconfiança. Rue des Quatre-Frères-Peignot, Rue Linois, Rue de l'Ingénieur-Robert-Keller. Onde ficariam as arquibancadas? E a porta pela qual Léonora deve ter passado, com todos os prisioneiros, quando desembarcou da caminhonete da polícia? Quem esperava por eles? Havia alguém anotando os nomes, como os dos convidados para uma festa? Ou será que os deixaram lá, diante da entrada, em pleno sol, a olhar para a gigantesca pista do circo, como se os jogos fossem começar? Ela deve ter procurado com os olhos um rosto conhecido, um lugar para sentar-se, um canto na sombra, talvez os banheiros. Deve ter entendido de repente que uma armadilha se fechara sobre ela, sobre todos aqueles homens e mulheres, sobre as crianças, entendendo que não seria por uma hora nem duas, nem apenas por um dia, mas para sempre, que não haveria esperança nem saída...

Empurrei a porta do museu fotográfico que se justapõe à sinagoga. Meu instinto me disse que ele deve estar alinhado com a alta chaminé branca do centro da Plate-Forme. Não me interesso particularmente pelos lugares de culto. Aqui porém não é a mesma coisa. Os rostos nas fotos penetram em meu espírito, forçam passagem até o coração, entram para a minha memória. São rostos anônimos, que não têm nenhuma relação comigo, e no entanto sinto o choque de sua realidade, como quando eu lia outrora, nos arquivos da Rue Oudinot, os registros dos escravos vendidos em Nantes, em Bordeaux, em Marselha.

MARION, CAFRE, ÎLE DE FRANCE. KUMBO, CAFRE, ÎLE DE FRANCE. RAGAM, MALABARITA, PONDICHERRY. RANAVAL, MALGAXE, ANTONGIL. THOMAS, MULATO, BOURBON.

As crianças de pé na beira da pista, os adultos em segundo plano. Em Drancy, sob os grandes prédios retilíneos, tão parecidos com os dos novos guetos de Sartrouville, Rueil, Le Raincy. Os adultos usam sobretudo muito quente para a estação, as crianças estão de gorro. Uma delas, em primeiro plano, tem uma estrela espetada no lugar do coração. Sorriem para a objetiva, parecem posar para um retrato de família. Não sabem que vão morrer.

No mapa, leio a geografia do horror:

Fuhlsbüttel
Neuengamme

Esterwegen *Ravensbrück*
Sachsenhausen
Orianenburg *Treblinka*
Hertogenbosch *Bergen-Belsen* *Kulmhof*
Moringen *Dora* *Lichtenburg*

Sobibor
Niederhagen-Wewelsburg *Bad-Suza* *Lublin-Majdanek*

Buchenwald *Sachsenburg* *Gross-Rosen* *Belzec*

Theresienstadt *Plaszow*
Auschwitz-Birkenau
Hinzert *Flossenbürg*

Natweiler-Struthof
Dachau
Mauthausen

Também os nomes das estações de passagem, Drancy, Royallieu, Pithiviers, Riviera di Sabba, Bolzano, Borgho san Dalmazzo, Ventimiglia. Seria preciso ir por toda parte, conhecer cada um desses lugares, entender como a vida foi ali retomada, as árvores que lá se plantaram, os monumentos, as inscrições, mas sobretudo ver os rostos de hoje, de todos os que aí vivem, escutar suas vozes, os gritos, os risos, o barulho das cidades que se ergueram em volta, o barulho do tempo que está passando...

É vertiginoso, nauseante. Continuo a andar pelas ruas, ao longo da Plate-Forme. No Quai de Grenelle, os carros e ônibus formam uma longa serpente de ferro cujos anéis se interpenetram nos cruzamentos, buzinando. O Sena deve ter o aspecto que tinha naqueles dias de julho de 1942, talvez Léonora e os outros o tenham visto pelas grades da janela do carro de polícia enquanto rodavam para o velódromo. Os rios, como se sabe, lavam a História. Fazem desaparecer os corpos, nada fica por muito tempo em suas margens.

Minha mãe nunca me falou da Allée des Cygnes. Eu no entanto, por instinto, desci a escada que leva à estreita e extensa faixa bem no meio do rio, à sombra dos freixos. Poucos passeiam por ali, apesar da beleza do lugar. Um casal acompanhado de uma menina de oito anos, alguns turistas sul-americanos, ou italianos, uma jovem japonesa vestida de preto que fotografa as árvores. Dois ou três casais de namorados nos bancos, que conversam em voz baixa e não olham para a torre Eiffel.

Parei perto de uma velha árvore toda retorcida, na beira do Sena. Com seus galhos baixos, ela, a meu ver, parece um animal, uma espécie de réptil que sai da lama do rio. A seus pés, entre as raízes, longas algas escuras ondulam como cabelos.

Defronte, do outro lado do rio, a Plate-Forme, na bruma do calor, parece irreal. Olho para os grandes edifícios que, contra o céu do fim do dia, dão a impressão de ser estelas negras. Bem no meio, a inverossímil torre sem cabeça, sem olhos, se funde às nuvens. Compreendo que ir mais longe já não é necessário. É aqui que está plantada, para sempre, a história dos desaparecidos.

Com o mesmo movimento lento do rio, a cidade deriva, deixa sua própria memória fluidificar-se. Hakim, o garoto da Plate-Forme, é quem tem razão. Seu olhar duro, sua testa lisa, seus olhos sombrios: "Procurando o quê, hein?".

A Allée des Cygnes, a ilha Maurício. *Isla Cisneros.* Eu nunca tinha feito essa aproximação. Mas é nisso que penso ao chegar à outra margem, apertando o passo por causa do temporal que já baixa sobre o Sena, e mal consigo reprimir um sorriso.

Os últimos compassos do *Bolero* são tensos, violentos, quase insuportáveis. A música sobe, enche a sala, todo o público agora está de pé, o olhar voltado para o palco onde os bailarinos rodopiam, acelerando seus movimentos. Alguns soltam exclamações e suas vozes são abafadas pelas batidas do gongo. Levados pelo delírio, Ida Rubinstein e os dançarinos são títeres. Todas as flautas, clarinetas, trompas, trompetes, saxofones, violinos, tambores, címbalos e tímpanos estão no auge da tensão, já quase a ponto de romper-se, de estrangular-se, de rebentar suas cordas e suas vozes, de quebrar o silêncio egoísta do mundo.

Minha mãe, quando me contou a estreia do *Bolero*, falou de sua emoção, dos gritos, bravos e assovios, do tumulto reinante. Em algum lugar da mesma sala encontrava-se um rapaz que ela jamais conheceu, Claude Lévi-Strauss. Como ele, muito tempo depois, minha mãe me confidenciou que aquela música mudara sua vida.

Agora entendo por quê. Sei o que significava para sua geração essa frase repetida como a de um realejo, imposta pelo ritmo e pelo crescendo. O *Bolero* não é uma peça musical como as outras. É uma profecia. Conta a história de uma cólera, de uma fome. Quando acaba em violência, o silêncio que se segue é terrível para os sobreviventes aturdidos.

Escrevi esta história em memória de uma jovem que aos vinte anos, contra sua vontade, foi uma heroína.

Bibliografia

ROMANCES

Le Procès-verbal. Paris: Gallimard, 1963.

Le Jour où Beaumont fit Connaissance. Paris: Mercure de France, 1964.

Le Déluge. Paris: Gallimard, 1966.

L'Extase matérielle. Paris: Gallimard, 1967.

Terra amata. Paris: Gallimard, 1967.

Le Livre des fuites. Paris: Gallimard, 1969.

La Guerre. Paris: Gallimard, 1970.

Haï. Genebra: Albert Skira, 1971.

Les Géants. Paris: Gallimard, 1973.

Voyages de l'autre côté. Paris: Gallimard, 1975.

L'Inconnu sur la terre. Paris: Gallimard, 1978.

Désert. Paris: Gallimard, 1980.

Le Chercheur d'or. Paris: Gallimard, 1985.

Onitsha. Paris: Gallimard, 1991.

Étoile errante. Paris: Gallimard, 1992.

La Quarantaine. Paris: Gallimard, 1995.

Poisson d'or. Paris: Gallimard, 1997.

La Fête chantée et autres essais thème Améridien. Paris: Gallimard, 1997.

Hasard suivi de Angoli Mala. Paris: Gallimard, 1999.

Révolutions. Paris: Gallimard, 2003.

Raga: approche du continent invisible. Paris: Éditions du Seuil, 2006.

Ourania. Paris: Gallimard, 2006.

Ritournelle de la faim. Paris: Gallimard, 2008.

NOVELAS E CONTOS

La Fièvre. Paris: Gallimard, 1965.

Mondo et autres histoires. Paris: Gallimard, 1978.

Voyage au pays des arbres. Paris: Gallimard, 1978.

Lullaby. Paris, Gallimard, 1980.

Celui qui n'avait jamais vu la mer suivi de La Montagne du Dieu Vivant. Paris: Gallimard, 1982.
La Ronde et autres faits divers. Paris: Gallimard, 1982.
Villa aurore suivi de Orlamonde. Paris: Gallimard, 1983.
Balaabilou. Paris: Gallimard, 1985.
Printemps et autres saisons. Paris: Gallimard, 1989.
La Grande Vie suivi de Peuple du Ciel. Paris: Gallimard, 1990.
Sirandanes. Paris: Seghers, 1990.
Pawana. Paris: Gallimard, 1992.
Coeur brûle et autres romances. Paris: Gallimard, 2000.
Fantôme dans la rue. Poitiers: Elle Aubin, 2000.

PERFIS E MEMÓRIAS

Diego et Frida. Paris: Stock, 1993.
L'Africain. Paris: Mercure de France, 2004.

DIÁRIOS DE VIAGEM

Voyage à Rodrigues. Paris: Gallimard, 1986.
Gens des nuages (avec Jemia). Paris: Gallimard, 1997.

ENSAIOS

Mydriase. Montpellier: Fata Morgana, 1973.
Vers les icebergs. Montpellier: Fata Morgana, 1978.
Trois villes saintes. Paris: Gallimard, 1980.
Le Rêve mexicain ou La Pensée Interrompue. Paris: Gallimard, 1988.
Ballaciner. Paris: Gallimard, 2007.

SOBRE LE CLÉZIO

AMAR, Ruth. *Les Structures de la solitude dans l'oeuvre de J. M. G. Le Clézio*. Paris: Publisud, 2004.

ANOUN, Abdelhaq. *J. M. G. Le Clézio.* Révolutions *ou l'appel intérieur des origines*. Paris: L'Harmattan, 2005.

ALTHEN, Gabrielle (org.). *J. M. G. Le Clézio - textes réunis*. Marseille: Actes du Sud, 1990.

BONN, Anne-Marie. *La Rêverie terrienne et l'espace de la modernité dans quelques romans français parus de 1967 à 1972*. Paris: Klincksieck, 1972.

BORGOMANO, Madeleine. *Désert de J.M.G. Le Clézio*. Paris: Bertrand Lacoste, 1992

______. *Onitsha de J. M. G. Le Clézio*. Paris: Bertrand Lacoste, 1993.

BRÉE, Germaine. *Le Monde fabuleux de J. M. G. Le Clézio*. Prefácio de Michael Bishop. Amsterdam: Rodopi, 1990.

BRONWEN, Martin. *The Search for Gold in J. M. G. Le Clézio*. Londres/ Dublin: Philomel Publications, 1995.

CAVALLERO, Claude. *Le Clézio, témoin du monde*. Paris: Calliopées, 2009.

CHUNG, Ook. *Le Clézio ou l'écriture prophétique*. Paris: Imago, 2001.

DE CORTANZE, Gérard. *Le Clézio: le nomade immobile*. Paris: Le Chêne, 2001.

DOMANGE, Simone. *Le Clézio ou la quête du Désert*. Paris: Imago, 1993.

DOUCEY, Bruno. *Désert de Le Clézio*. Paris: Hatier, 1994.

DUTTON, Jacqueline. *Le Chercheur d'or et d'ailleurs. L'Utopie de J. M. G. Le Clézio.* Paris: L'Harmattan, 2003.

ÉVRARD, Franck; TENET, Éric. *Mondo de J. M. G. Le Clézio*. Paris: Bertrand Lacoste, 1994.

FRANÇOIS, Corinne. *Désert de J. M. G. Le Clézio*. Paris: Bréal, 2000.

HADDAD KHALIL, Sophia. *La Rêverie élémentaire dans l'œuvre de Le Clézio (Le Procès-verbal, La Fièvre, Désert, Onitsha, Pawana)*. Lille: Presses Universitaires du Septentrion, 2000.

HOLZBERG, Ruth. *L'Œil du serpent: dialectique du silence dans l'œuvre de J. M. G. Le Clézio*. Sherbrooke (Québec): Naaman, 1981.

JARSLBO, Jeana. *Écriture et altérité dans trois romans de J. M. G. Le Clézio: Désert, Onitsha, La Quarantaine*. Lunds (Suécia): Université de Lunds (Études romanes), 2003.

JOLLIN-BERTOCCHI, Sophie. *J. M. G. Le Clézio: L'Érotisme, les mots*. Paris: Kimé, 2001.

JUNG, Hai-Souk. *Les Métamorphoses de la ville dans l'œuvre de J. M. G. Le Clézio*. Lille: Presses Universitaires du Septentrion, 1997.

KASTBERG SJÖBLOM, Margareta. *L'écriture de J. M. G. Le Clézio: des mots aux thèmes*. Paris: Honoré Champion, 2006.

LABÉ, Michèle. *Le Clézio, l'écart romanesque*. Paris: L'Harmattan, 1999.

LHOSTE, Pierre, *Conversations avec J. M. G. Le Clézio*. Paris: Mercure de France, 1971.

MAROTIN, François. *Mondo et autres histoires de J. M. G. Le Clézio*. Paris: Gallimard, 1995.

MATHÉ, Roger. *L'Exotisme: de Homère à Le Clézio*. Paris: Bordas, 1985.

MBASSI ATÉBA, Raymond. *Identité et fluidité dans l'œuvre de Jean-Marie Gustave Le Clézio*. Paris: L'Harmattan, 2008.

MICHEL, Jacqueline. *Une Mise en récit du silence. Le Clézio, Bosco, Gracq*. Paris: José Corti, 1986.

MOLINIÉ, Georges; VIALA, Alain. *Approches de la réception, sémiostylistique et sociopoétique de Le Clézio*. Paris: PUF, 1993.

ONIMUS, Jean. *Pour lire Le Clézio*. Paris: PUF, 1994.

PAGÈS-JODLOWSKI, Véronique. *Écriture et nostalgie des origines dans l'œuvre de J. M. G. Le Clézio*. Toulouse: Le Mirail, 2000.

PARDO SEGURA, Martha. *La Réflexion de J. M. G. Le Clézio sur l'écriture*. Lille: Presses Universitaires du Septentrion, 1998.

RIDON, Jean-Xavier. *J. M. G. Le Clézio: l'exil des mots*. Paris: Kimé, 1995.

RIMPAU, Laetitia, *Reisen zum Ursprung: das Mauritius-Projekt von Jean-Marie Gustave Le Clézio*. Tübingen: Niemeyer, 2002.

ROUSSEL-GILLET, Isabelle. *Le Clézio, Le Chercheur d'or*. Paris: Ellipses, 2001.

SALLES, Marina. *Le Clézio: notre contemporain*. Rennes: Presses Universitaires de Rennes, 2006.

______. *Le Procès-verbal de J. M. G. Le Clézio*. Paris: Bertrand Lacoste, 1996.

SCANNO, Di Teresa. *La Vision du monde de Le Clézio: cinq études sur l'œuvre*. Napoli: Nizet, 1983.

VALAYDON, Vijayen. *Le Mythe de Paul et Virginie dans les romans d'expression française et dans* Le Chercheur d'or *de J. M. G. Le Clézio.* Rose Hill: Éditions de l'Océan Indien, 1992.

SUZUKI, Masao, *J. M. G. Le Clézio: évolution spirituelle et littéraire: par-delà l'Occident moderne*. Paris: L'Harmattan, 2007.

WAELTI-WALTERS, Jennifer. *Icare ou l'évasion impossible. Étude psychomythique de l'œuvre de J. M. G. Le Clézio*. Sherbrooke (Québec): Naaman, 1981.

NO BRASIL

O deserto, trad. Maria Lucia Machado. São Paulo: Brasiliense, 1987.

À procura do ouro, trad. Vera Mourão. São Paulo: Brasiliense, 1989.

Diego e Frida, trad. Lúcia Barrocas Motta e Silva e Paulo Mugayar Kühl. São Paulo: Scritta, 1994.

A quarentena, trad. Maria Lucia Machado. São Paulo: Companhia das Letras, 1997.

Peixe dourado, trad. Maria Helena Rodrigues de Souza. São Paulo: Companhia das Letras, 2001.

"Prefácio", in Robert BRESSON. *Notas sobre o cinematógrafo*, trad. Evaldo Mocarzel e Brigitte Riberolle. São Paulo: Iluminuras, 2005.

O africano, trad. Leonardo Fróes. São Paulo: Cosac Naify, 2007.

Imagem de capa: Exposição internacional "Arts et Techniques dans la Vie moderne", Paris, 1937. © Delius/Leemage/otherimages

Coordenação editorial HELOISA JAHN
Projeto gráfico MAYUMI OKUYAMA
Composição GUSTAVO MARCHETTI
Preparação ISABEL JORGE CURY
Revisão FLAVIA LAGO e RAUL DREWNICK

Nesta edição, respeitou-se o novo Acordo Ortográfico da Língua Portuguesa

Dados Internacionais de Catalogação na Publicação (CIP)
(Câmara Brasileira do Livro, SP, Brasil)

Le Clézio, J.M.G. [1940-]
Refrão da fome / J.M.G. Le Clézio
Tradução: Leonardo Fróes
São Paulo: Cosac Naify, 2009
Título original: *Ritournelle de la faim*
248 pp., 1 il.

ISBN 978-85-7503-852-9

1. Ficção francesa I. Título

09-09468 CDD-843

Índices para catálogo sistemático:
1. Ficção: Literatura francesa 843

COSAC NAIFY
Rua General Jardim, 770, 2º andar
01223-010 São Paulo SP
Tel [55 11] 3218 1444
www.cosacnaify.com.br

Atendimento ao professor [55 11] 3218 1473

FONTE Perpetua
PAPEL Pólen soft 80 g/m²
IMPRESSÃO RR Donnelley
TIRAGEM 4000